LA BELLE DU CAP D'AGDE

Collection « Brigade Mondaine »

DU MÊME AUTEUR
CHEZ LE MÊME ÉDITEUR

N° 1 : LE MONSTRE D'ORGEVAL
N° 2 : LE CARROUSEL DE LA PLEINE LUNE
N° 3 : L'ABOMINABLE BLOCKHAUS
N° 4 : LES SÉMINAIRES D'AMOUR
N° 5 : LE MARCHÉ AUX ORPHELINES
N° 6 : L'HÉROÏNE EN OR MASSIF
N° 7 : UN CHANTAGE TRÈS SPÉCIAL
N° 8 : LES REQUINS DE L'ÎLE D'AMOUR
N° 9 : LA CITÉ DES DISPARUES
N° 10 : LE CYGNE DE BANGKOK
N° 11 : LA MANTE RELIGIEUSE
N° 12 : LE JEU DU CAVALIER
N° 13 : LA CROISIÈRE INTERDITE
N° 14 : LE HAREM DE MARRAKECH
N° 15 : LA MAISON DES MAUDITES
N° 16 : LA PERMISSION DE MINUIT
N° 17 : LES CAPRICES DE VANESSA
N° 18 : LA VIPÈRE DES CARAÏBES
N° 19 : LE VOYOU DE MONTPARNASSE
N° 20 : LES FILLES DE MONSEIGNEUR
N° 21 : LA NUIT ARABE DE MONACO
N° 22 : LA FERMIÈRE DU VICOMTE
N° 23 : LA PUNITION DE L'AMBASSADEUR
N° 24 : LA SECTE DES AMAZONES
N° 25 : LES SIRÈNES DE L'AUTOROUTE
N° 26 : LE BOUDDHA VIVANT
N° 27 : LA PLANCHETTE BULGARE
N° 28 : LE PRISONNIER DE BEAUBOURG
N° 29 : LES ESCLAVES DE LA NUIT
N° 30 : LES POUPÉES CHINOISES
N° 31 : LES SACRIFIÉS DU SOLEIL
N° 32 : L'EXÉCUTRICE
N° 33 : LA PRÊTRESSE DU PHARAON
N° 34 : UN CANAL ROSE POUR CIBISTES
N° 35 : LES FANATIQUES DE LA VIDÉO
N° 36 : LES ANGES DE PIGALLE
N° 37 : SOSIES SUR MESURE
N° 38 : LA MARQUE DU TAUREAU

Nº 39 : L'ÎLE AUX FEMMES
Nº 40 : LA CHÂTELAINE DE L'ORDRE NOIR
Nº 41 : LA PRINCESSE DES CATACOMBES
Nº 42 : LA DISPARUE DE SUNSET BOULEVARD
Nº 43 : LE PARFUM DE LA DAME EN GRIS
Nº 44 : LES FEMMES MYGALES DE CÔTE-D'IVOIRE
Nº 45 : LA DANSE DES COUTEAUX
Nº 46 : LES AMANTS DE SINGAPOUR
Nº 47 : LA VEUVE DU LAC
Nº 48 : LES FANTASMES DU NOTABLE
Nº 49 : LA BÊTE DU LUBERON
Nº 50 : CARNAVAL A VENISE
Nº 51 : LES NUITS BLANCHES DE LA TOUR EIFFEL
Nº 52 : LOVE TELEPHONE
Nº 53 : GOLF-PARTY
Nº 54 : L'ENFER DU COLLECTIONNEUR
Nº 55 : LES SOMNAMBULES DU DOCTEUR MARLY
Nº 56 : LES ENVOÛTÉES DU MARABOUT
Nº 57 : LA TUEUSE D'HOMMES
Nº 58 : LA DIVA DU BOIS DE BOULOGNE
Nº 59 : LA FOLIE DE BARBE-BLEUE
Nº 60 : LE MANIAQUE DU PARKING
Nº 61 : LE BATEAU DES FILLES PERDUES
Nº 62 : LE DÉMON DU PEEP SHOW
Nº 63 : LES CHASSEURS DE MIREILLE
Nº 64 : LA PLAGE AUX NYMPHES
Nº 65 : NUITS DE CHINE
Nº 66 : LA FILIÈRE MEXICAINE
Nº 67 : LES SECRETS DE MADAME MAUD
Nº 68 : LA FEMME MASQUÉE
Nº 69 : TRANSPORT DE FILLES
Nº 70 : LA SECRÉTAIRE DU PATRON
Nº 71 : LA PANTHÈRE DES PALACES
Nº 72 : LES PROFANATRICES
Nº 73 : LA TENTATION DE CAROLINE
Nº 74 : LA LOUVE DES BEAUX QUARTIERS
Nº 75 : LES STRIP-TEASEUSES DU PETIT ÉCRAN
Nº 76 : LES MAÎTRESSES FEMMES DE SAINT-TROPEZ
Nº 77 : LE RODÉO DU PLAISIR
Nº 78 : LES PROIES DU COMMANDO
Nº 79 : LA FEMME-FAUCON
Nº 80 : LA TIREUSE D'ÉLITE
Nº 81 : LES VOIX DU DÉSIR
Nº 82 : LES TAXIS DE L'AMOUR
Nº 83 : L'ALLUMEUSE
Nº 84 : MAÎTRE ET ESCLAVE
Nº 85 : GIGOLO STORY

N° 86 : LA CAVALIÈRE DE L'APOCALYPSE
N° 87 : LES JEUX DÉFENDUS DE LA PRÉSIDENTE
N° 88 : L'ÉVENTREUR AUX YEUX D'OR
N° 89 : JEUNE FILLE AU PAIR
N° 90 : L'INCONNU DU TRAIN BLEU
N° 91 : LA CALL-GIRL DE MONTRÉAL
N° 92 : LA GRANDE BOURGEOISE
N° 93 : LE PIÈGE ESPAGNOL
N° 94 : CLUB PRIVÉ
N° 95 : LA SORCIÈRE DE POMPÉI
N° 96 : VENGEANCE DE FEMME
N° 97 : LA DEMOISELLE DE PETITE VERTU
N° 98 : LE VAMPIRE DE BOURGOGNE
N° 99 : LA CHIENNE DE LUXE
N° 100 : L'ÉTALON DE SAUMUR
N° 101 : FIANCÉES SUR CATALOGUE
N° 102 : LA SIRÈNE DU LOCH NESS
N° 103 : LES AMANTS MAUDITS
N° 104 : LA VÉNUS DE BELLE-ÎLE

MICHEL BRICE

BRIGADE MONDAINE

LA BELLE DU CAP D'AGDE

VAUGIRARD

Les dossiers Brigade Mondaine de cette collection sont fondés sur des éléments absolument authentiques. Toutefois, pour les révéler au public, nous avons dû modifier les notions de temps et de lieu ainsi que les noms des personnages.

Par conséquent, toute ressemblance avec des personnes existantes ou ayant existé serait totalement involontaire et ne relèverait que du hasard...

ISBN 2-285-00177-0

CHAPITRE PREMIER

Depuis que la longue fille blonde s'était renversée sur la banquette en riant, avait posé la main sur sa cuisse droite, et remonté lentement des doigts jusqu'au lieu précis où, sous la toile du pantalon beige, son sexe gonflé et durci se tendait comme un arc, Jean-Paul Sarrazin croyait vivre un rêve.

Un drôle de rêve, d'ailleurs, mi-cauchemar, mi-paradis. Pour la bonne raison que cette fille qui le massait savamment, par-dessus la braguette de son pantalon, et en public par-dessus le marché, n'était pas n'importe qui.

Pas une de ces inconnues comme il aurait pu en lever, cette nuit étouffante du début août, n'importe où le long de la côte, dans une des innombrables discothèques de la région ou à la terrasse d'un des bistrots du bord de mer.

Non. Elle était tout ce qu'on voulait pour Sarrazin, sauf une inconnue.

Elle avait à peine trente ans, elle était merveilleusement blonde et mince dans une affolante robe longue bleu turquoise et dentelle de coton décolletée par-derrière jusqu'à la naissance de la raie des fesses. Et elle se prénommait Francine.

Et elle était mariée.

Avec celui dont dépendait tout l'avenir de Sarrazin. Son avenir certes, mais aussi son présent, sa vie quotidienne, la carrière qu'il venait à peine d'entamer en tant que scénariste de feuilletons pour la télé, un des plus brillants de sa génération d'après la rumeur publique.

Jean-Paul Sarrazin le savait : il devait tout à Alexandre Sontag, patron de deux grosses boîtes de production installées à Paris, dans le quartier de l'Etoile, deux sociétés de création de séries télévisées, *Mégamédia* et *Téléplus,* dont lui-même était depuis un an l'un des employés-vedettes.

Or, on ne se tape pas la femme du patron, si on a de l'ambition et pas la moindre envie que le ciel vous tombe sur la tête en même temps qu'une avalanche d'emmerdes hors du commun.

Ce qui était exactement le cas du jeune homme.

L'ennui, c'était qu'il n'était pas de bois, et qu'il aurait fallu être un saint pour résister à la tentation.

Surtout qu'à présent, Francine, profitant de ce que les lumières avaient encore baissé dans la discothèque (« la plus marrante du Cap d'Agde », avait-elle annoncé à Sarrazin tout à l'heure), descendait tranquillement la braguette, plongeait la main dans l'ouverture du pantalon et, d'un index recourbé, en faisait jaillir le membre brûlant de Sarrazin qui s'épanouit à l'air libre, se détendant comme un ressort trop longtemps comprimé.

En le voyant pointer le nez dehors, rouge et turgescent, Francine gloussa d'excitation.

Sa main se referma autour de la massue gonflée de

sang et se mit à l'agiter en cadence comme si elle avait voulu l'allonger encore.

Le jeune homme sentit qu'il s'inondait de sueur sous sa chemise Lacoste vert absinthe.

« Elle est dingue, se dit-il dans la plus complète confusion. Ou bien c'est moi qui suis cinglé... »

Il se rejeta en arrière sur la banquette, brusquement cramoisi sous le hâle de son bronzage.

« Mais Bon Dieu, pensa-t-il aussi, qu'est-ce qu'elle me branle bien ! »

Il était en train de faire la connerie de sa vie, il le savait, et il ne pouvait rien empêcher.

Qu'est-ce qu'on peut dire à une fille qui s'occupe si savamment de vos attributs virils ? « Arrêtez Madame, je ne suis pas celui que vous croyez ? »

Non, il était pris au piège du plaisir, fait comme un rat. Et il était en train de trahir celui qui avait mis en lui toute sa confiance : Alexandre Sontag, son patron.

L'homme qui, deux heures plus tôt, en les regardant partir à bord de sa Sunny SLX, lui avait lancé :

— Je vous la confie, mon vieux, ramenez-la-moi en bon état, c'est ce que j'ai de plus précieux ! Allez, amusez-vous bien !

Ce que le patron de *Mégamédia* avait de plus précieux était en train de s'activer, avec un enthousiasme au-dessus de tout éloge, autour de l'attribut viril proéminent de son collaborateur préféré. L'homme en qui Sontag avait mis toute sa confiance et qui deviendrait sans doute, un jour, son successeur.

A moins d'un accident de parcours du genre de ce qui était en train de se passer ce soir.

Il se cramponna à son verre de whisky où il restait un malheureux glaçon à moitié fondu.

— Arrête, parvint-il à articuler.

Elle gloussa encore, et sa voix de femme-enfant retentit, légèrement forcée dans les aigus, une voix de petite fille incroyablement excitante, avec des intonations haut perchées style Minnie Mouse, ou Lio à l'époque déjà lointaine où elle chantait *Banana Split*.

— Décoince-toi, dit-elle en plongeant ses irrésistibles yeux noirs (« couleur d'enfer », pensa-t-il) dans ceux de Sarrazin. Regarde les autres. Tu crois qu'ils se gênent ?

C'est elle qui avait décidé d'autorité qu'à partir de ce soir ils devaient se tutoyer. Jusque-là, depuis huit jours, depuis le 2 août exactement où Sarrazin avait débarqué chez les Sontag, dans leur grande villa de l'arrière-pays languedocien, ils se donnaient du « vous » cérémonieux quand ils se croisaient dans les couloirs, quand ils se retrouvaient au bord de la piscine ou encore à table, le soir, dans l'immense salle à manger donnant sur une terrasse en bordure de pinède. Fugitivement, il se demanda s'ils allaient continuer à se tutoyer, demain matin, quand ils se retrouveraient devant Alexandre Sontag, leur patron et mari respectif.

Le regard bleu ardoise de Sarrazin zooma à travers l'espace de la discothèque. C'était vrai qu'on se moquait éperdument de ce qu'ils étaient en train de faire. La lumière venait de baisser, on baignait dans une espèce de poussière rouge orangée qui noyait les silhouettes des danseurs et des danseuses sur la piste. Pas assez, cependant, pour qu'on ne devine pas ce qu'ils étaient en train de faire. Un slow poisseux et ramollissant comme une séance de hammām venait de succéder à plusieurs disques de hard-rock *horror-show*, style horde sauvage et guitares en sang. Et la plupart des participants étaient en train, ni plus ni moins, de se déshabiller.

Sur la plage, toute la journée, on était en slip et, pour la plupart des femmes, les seins nus. Mais chaque soir, le charme troublant du strip-tease reprenait ses droits. Sarrazin avala difficilement sa salive. Francine Sontag ne l'avait pas trompé sur la marchandise quand elle l'avait averti, une heure plus tôt, que la boîte où ils se rendaient était l'une des plus « chaudes » du Cap d'Agde.

Elle avait même ajouté en pouffant avec sa voix de Lolita :

— Et elle porte sacrément bien son nom !

Pourtant prévenu, Sarrazin avait imperceptiblement rougi en apercevant dans la nuit la fameuse enseigne de la discothèque qui brillait de tous ses néons rouges : *La Levrette.*

Sur la grosse porte blindée et percée d'un judas, un minuscule panneau, sous la mention « Club privé », lançait ce sévère avertissement : « Pour couples seulement, toute personne qui aura un comportement équivoque sera exclue du club ! »

Si on avait dû le suivre à la lettre, songea Sarrazin, le club se serait retrouvé instantanément désert.

Comme dans toutes les boîtes de ce genre avec ambiance intime et feutrée, c'était le moment où l'atmosphère basculait insensiblement. Les rires des femmes se faisaient plus aigus et nerveux, les visages des hommes se tendaient dans la fièvre de l'attente, tout le monde s'observait, sans en avoir l'air, en dansant ou en buvant à des petites tables rondes, à l'affût de celle ou de celui qui ferait le premier pas.

Une fille, enfin, fut plus héroïque que les autres. C'était une brune un peu enveloppée que Sarrazin, tout à l'heure, avait entendu parler en allemand. Des deux mains, au milieu de la piste de danse, elle entreprit de lever son tee-shirt, de le passer par-dessus ses épaules puis sa tête, révélant une poitrine pleine, lourde, aux gros bouts durs et bruns. L'un des types qui dansaient, probablement un Allemand lui aussi, à en juger par sa blondeur et les coups de soleil carabinés qu'il se payait, passa derrière elle, et, des deux mains dégrafa sa minijupe rouge qui tomba en rond aux pieds de la jeune femme. Celle-ci la balança d'un coup de pied vers l'extrémité de la salle. Elle était en slip, à présent, un petit bout de machin de soie champagne qui ne faisait même pas, en surface, la moitié de son pubis. Une broussaille épaisse d'un noir puissant le débordait de toutes parts. L'Allemand se rapprocha d'elle et l'enlaça du bras gauche tout en dénouant lui-même la boucle de sa ceinture, puis en dézippant son pantalon.

Sarrazin faillit pousser un cri. Francine avait à nouveau plongé de la main dans sa braguette pour le sortir entièrement, elle ramenait à l'air libre tout le paquet à présent, qu'elle brassait avec ferveur, le massant, secouant les boules chaudes de ses testicules qui roulaient entre ses doigts.

— Non... haleta le jeune homme. Je... Non...

— Crétin, souffla-t-elle. Laisse-toi faire...

Le visage du scénariste ruisselait de sueur, une assez belle gueule régulière, maxillaires carrés, regard bleu ardoise, front large sous les cheveux châtain ondulés. Son seul regret c'était le nez, un nez busqué un peu trop fort.

— Tu m'as emmené dans une boîte à partouzes, en somme, articula-t-il tandis que Francine continuait à le torturer délicieusement. Je croyais qu'elles avaient été toutes fermées, dans le coin, il y a un an ?

La trop belle épouse d'Alexandre Sontag se colla contre lui.

— Pas celles de la Plage d'Or, rectifia-t-elle.

Il y avait eu l'été dernier de vastes opérations de police dans les clubs échangistes du Cap d'Agde et de ses environs. Les maires des cités balnéaires du Languedoc-Roussillon s'étaient justifiés en expliquant qu'ils en avaient assez de la réputation de la région parmi les vacanciers de toute l'Europe, que le Cap d'Agde c'était pas Sodome et Gomorrhe et qu'il fallait assainir tout ça parce que c'était catastrophique pour l'image de marque de la Côte. « Vous vous rendez compte ? s'était même écrié l'un des responsables de l'Office du tourisme d'Agde, il paraît qu'en Allemagne ou en Hollande, on dit couramment : Cet été, je vais baiser au Cap d'Agde ! Ça ne peut plus durer ! » Il y avait eu des articles dans les journaux, des débats dans les feuilles locales. Les partisans de la liberté des mœurs s'étaient indignés de tant de puritanisme, faisant valoir qu'il était préférable de faire l'amour, même en public, que de se droguer. Mais la vertu avait quand même triomphé.

Du moins en apparence.

— Qu'est-ce que c'est la Plage d'Or ? interrogea Sarrazin qui avait énormément de mal à se concentrer à cause des caresses diaboliques de sa partenaire, sous la table.

— L'endroit où on est, dit-elle. Tu ne te souviens pas ? Tout à l'heure, devant la barrière, tu as allongé vingt francs pour entrer. C'est le tarif quand on n'appartient pas au camp.

— Le camp ? Quel camp ?

Sarrazin se souvenait qu'effectivement, une heure plus tôt, ils avaient été arrêtés par une barrière style péage d'autoroute ou caisse de parking, mais il n'avait pas fait très attention. Le parfum fruité qui émanait du corps de Francine, qu'il devinait nue sous sa longue robe bleue, emplissait l'habitacle de la Sunny et lui embrouillait les idées. Il avait payé les vingt francs réglementaires au type de l'entrée, dans sa guérite vitrée, et il s'était entendu souhaiter « bonne nuit » sans se demander pourquoi.

— Ici, à la Plage d'Or, c'est un village naturiste, était en train de répondre la jeune femme. Tu n'avais pas compris ?

Il haussa les épaules :

— Non, dit-il. Mais c'est marrant...

Il eut un mouvement du menton vers la piste de danse.

— Alors, tous autant qu'ils sont, ils passent leurs journées à poil, sur la plage ou dans les rues du village, mais la nuit ils redécouvrent les vertus du strip-tease ?

Elle prit une profonde respiration et les pointes de ses seins martyrisèrent la dentelle de coton de sa robe.

— On n'a encore rien trouvé de plus érotique, approuva-t-elle.

Il eut un sursaut parce que les doigts de Francine se refermaient à l'extrémité de son membre dont ils pinçaient la tête avec une habileté démoniaque. Puis elle recommença son lent massage.

Sur la piste, l'atmosphère chavirait dans le genre décadence romaine, derniers jours de Pompéi et orgies d'Héliogabale. Des silhouettes s'entremêlaient dans la pénombre. Une fille d'environ vingt-cinq ans, une brune aux cheveux courts, venait d'être déshabillée intégralement par un type qui, vu l'autorité avec laquelle il avait procédé, devait être son mari, ou son amant en titre. Maintenant la fille hésitait. On devinait qu'elle était novice dans ce genre de situation. Son compagnon (« son mari », rectifia mentalement Sarrazin qui venait de voir briller son alliance) la poussait doucement vers un autre type, un grand, massif et velu comme un singe, dont le membre pointait sous un ventre de bouddha. La fille regarda fixement l'engin, puis commença à le caresser avec une certaine timidité. Son mari insista, la poussant encore. Alors, elle se baissa et plongea, la bouche grande ouverte, sur le sexe qu'elle absorba lentement, les joues déformées par l'énormité de la verge qu'elle avalait.

D'autres couples se rapprochèrent pour jouir du spectacle.

Le mari s'était placé derrière la fille brune. Il la contraignit à se courber encore, lui ouvrit les fesses à deux mains et s'introduisit. Elle eut un tressaillement, arrêta un instant de sucer l'homme velu et ventru, puis recommença son va-et-vient buccal qu'elle tentait d'harmoniser tant bien que mal avec les coups de boutoir de son mari, par-derrière.

Francine ne lui avait pas menti. *La Levrette* méritait en effet parfaitement son nom.

— J'ai bien envie de faire comme elle, soupira-t-elle tandis que de nouveaux voyeurs dérobaient le trio à leurs yeux.

— Non, non ! gémit stupidement Sarrazin qui se disait que jamais plus il ne pourrait alors regarder son patron en face.

— Pourquoi non ? jeta Francine de sa voix de petite fille démoniaque. Tu ne le sais pas encore, mais je suis une suceuse fantastique. Je vais te faire une pipe dont tu te souviendras toute ta vie !

L'endroit où ils se trouvaient était un des moins éclairés de la salle, une sorte de box tapissé de velours noir, avec une applique dorée au-dessus d'eux qui diffusait une lumière mourante. Leurs plus proches voisins étaient à plus de dix mètres, une rousse et un brun moustachu venus s'ébattre là, cinq minutes auparavant et qui faisaient connaissance en s'enfourchant allégrement. La rousse, après avoir relevé sa robe noire sur les reins, chevauchait son partenaire en poussant de longs cris rauques d'agonisante. Ses larges fesses très blanches étaient couvertes de taches de son et, quand elle se soulevait, on apercevait le pieu viril du moustachu fiché bien au milieu d'elle et qui l'empalait.

Un autre couple les observait avec une attention émue : sans doute le « légitime » de la rousse et la « légitime » du moustachu...

— Non, couina encore une fois Sarrazin tandis que Francine s'installait commodément, à genoux sur la banquette pour le prendre dans sa bouche.

Comme un idiot, il se disait que s'ils en étaient restés aux jeux de main du début, il se serait senti moins coupable devant son patron. Mais il y a des machines infernales qu'on ne peut plus arrêter quand elles sont en marche, et les plus infernales de toutes les machines sont celles du désir.

— Si tu savais ce que j'en ai envie depuis huit jours ! gémit Francine Sontag en penchant dangereusement de la nuque vers le centre de son corps. Quand je te voyais plonger dans la piscine, j'étais obligée de m'agripper à mon transat pour ne pas te sauter dessus et t'arracher ton slip. Et la nuit, j'ai eu dix fois envie d'aller gratter à ta porte.

Il faillit lui répondre qu'il en avait autant à son service et que si, depuis huit jours qu'il était chez les Sontag, dans leur magnifique maison de Bellesource, près de Clermont-l'Hérault, il n'avait pas avancé de plus de deux pages le scénario des *Amants de la Rose des Vents* (la raison officielle de son séjour chez eux), c'était à cause de la paire de fesses qu'elle lui baladait sous le nez, à peine dissimulées par un slip à la brésilienne, c'est-à-dire échancré jusqu'au vertige sur les hanches et sur les aines, une paire de fesses qui continuait à l'obséder la nuit, à chalouper dans ses rêves, à le réveiller en sursaut à quatre heures du matin, et dont la pensée lui avait coûté quelques plaisirs d'autant plus amers qu'ils étaient manuels et solitaires. Mais il se tut, étranglé d'angoisse autant que d'envie. C'était une vraie bombe à retardement avec laquelle il jouait, un engin explosif au haute capacité de destruction et, si ça continuait, il allait se retrouver pulvérisé en petits morceaux.

C'est-à-dire qu'à l'aube d'une brillante carrière, il allait tout perdre, la confiance de son patron, son boulot, son avenir à *Mégamédia* et les énormes droits d'auteur de toutes les séries télévisées qu'il ne ferait jamais. Parce qu'il le savait : si le scandale éclatait, il se retrouverait au chômage à vie. Sontag n'avait qu'à éternuer et toutes les portes se refermeraient devant lui, et qu'est-ce qu'il savait faire d'autre, dans l'existence, Jean-Paul Sarrazin, que de tricoter de belles histoires capables de donner une fièvre de cheval à l'Audimat, et de provoquer des émeutes chez les annonceurs, les tout-puissants annonceurs de la pub qui se bousculaient pour acheter des « espaces » dès qu'on programmait un truc dont le scénario était signé de son nom ?...

Malheureusement, comme dit un proverbe yiddish, « quand la queue est raide, le cerveau rentre sous terre », et si le raisonnement de Sarrazin était quelque peu embrumé, c'était que Francine venait décidément de le prendre d'assaut, l'engloutissant jusqu'à la luette tandis que sa langue s'enroulait autour de lui avec une habileté beaucoup plus satanique que les « versets » du même nom.

Elle se redressa un instant et lâcha d'une voix altérée :

— Prends-moi les seins, s'il te plaît. Les bouts surtout, j'adore qu'on martyrise mes bouts de seins pendant que je suce.

Sarrazin eut l'impression qu'on le travaillait de l'intérieur au lance-flammes, son rythme cardiaque se mit en accéléré et il plongea des deux mains dans l'échancrure de la robe bleue, commençant à manier avec violence les tétons de la jeune femme, durs et longs comme des crayons.

Sur la platine, Dani, le disc-jockey de *La Levrette* venait de mettre un slow que les moins de vingt ans considèrent comme une antiquité digne des fouilles de Pompéi ou d'Herculanum : un tube des Platters des années 50, *My Prayer.*

Prosternée, mâchoires distendues par le membre qui la fouillait jusqu'au fond de la gorge, Francine Sontag était « en prière », elle aussi. Avalant l'énorme « minaret » de chair qui palpitait contre sa langue, au bord de l'explosion, avec une ferveur qu'auraient pu lui envier les intégristes du monde entier.

Sarrazin était beaucoup trop perturbé par la panique et le plaisir pour l'avoir remarqué, mais au-dessus du box où ils étaient installés, juste sous l'applique dorée, il y avait une lucarne minuscule, une sorte de judas rectangulaire et grillagé à la façon des moucharabieh (1).

Et, derrière, dans l'ombre, de l'autre côté du mur, deux yeux qui les observaient.

Deux yeux brillants dans un visage invisible au fond de l'obscurité du grand bureau ultra-moderne, avec fauteuils de cuir bleu, table en acier brossé et lampes halogènes : le bureau du patron de *La Levrette,* l'un des trois clubs très spéciaux du village naturiste de la Plage d'Or, à la sortie nord du Cap d'Agde en bordure de mer, sur la route du Mont-Saint-Loup.

Des yeux où pétillaient d'étranges étincelles d'excitation.

— Vas-y, continue, grogna-t-il entre ses dents. Bouffe-le, salope, avale-le, je veux que tu le suces à t'en étrangler !

Il porta son regard vers le jeune homme qui cuvait sa béatitude, les yeux mi-clos, les deux mains plongées dans le corsage de Francine et torturant toujours les pointes de ses seins.

— Et toi, continua-t-il, arrose-la bien, profites-en, gicle-lui dans la bouche jusqu'à ce qu'elle en suffoque !

Il s'arrêta brusquement parce qu'en effet, de l'autre côté de la lucarne, il n'était pas sorcier de deviner que ces saccades et ces hoquets qui secouaient Jean-Paul Sarrazin, c'était l'explosion d'un orgasme formidable. Le jeune scénariste se déversait en torrent, et Francine, toute frémissante aussi de plaisir, l'avalait religieusement jusqu'à la dernière goutte de semence.

Il referma le minuscule volet qui bloquait la lucarne aux moucharabieh.

(1) De l'arabe *machrabiya,* fenêtres camouflées derrière un grillage en bois tourné qui permet de voir sans être vu.

C'était le moment.

Il s'empara, sur la table en acier brossé, d'un petit inhalateur en plastique, un flacon blanc dont il s'introduisit l'extrémité dans chaque narine plusieurs fois. Le liquide volatil bourré de nitrites de butyle et de pentyle, plus connu sous le nom de *popper,* produisit presque instantanément l'effet attendu, c'est-à-dire une vasodilatation foudroyante de son membre viril. Lequel, à vrai dire, avait déjà commencé à s'agiter quelques instants auparavant, devant le spectacle de la jeune femme blonde en robe bleue avalant avec entrain son partenaire dont le nez n'était pas, tant s'en faut, le seul appendice disproportionné...

Du pouce, l'homme pressa un bouton fixé dans le mur au-dessus de l'interrupteur électrique, près de la porte d'entrée de son bureau.

C'était le moment où jamais.

Une minute plus tard, un type genre punk, cheveux noirs en brosse hirsute, un anneau à l'oreille droite et uniquement vêtu d'un curieux slip rouge avec une jolie cible dessinée au bon endroit qui disait que si on voulait tirer c'était là qu'il fallait viser, pénétra dans le bureau. Il poussait devant lui deux filles d'une vingtaine d'années totalement nues.

— Vous pouvez y aller, boss ! annonça le jeune homme qu'on payait durant la saison pour mettre de l'animation à *La Levrette.* Elles sont raides défoncées, complètement *stoned,* je n'ai même pas eu besoin de les forcer à se bourrer la gueule tellement elles étaient partantes. Vous pouvez les mettre par tous les trous, elles vous diront encore merci !

L'autre eut un roulement d'épaules, agacé.

— Je t'ai dit que j'avais horreur des grossièretés, Saïd.

Le jeune beur qui jouait les boute-en-train à *La Levrette* pendant les mois de juillet et d'août (« les bite-en-train » corrigeait-il avec un humour plein de délicatesse) forçait à plaisir sur l'accent du Midi. Il était né et il avait grandi à Montpellier, il n'avait jamais de sa vie mis les pieds en Algérie, le pays d'origine de ses parents, et à part son teint hâlé et ses grands yeux obliques d'un noir profond, il avait tout d'un Français cent pour cent.

— Mais elles comprennent rien, boss ! protesta-t-il en écarquillant ses longs yeux orientaux. Elles sont Allemandes et elles ne parlent pas un mot de français, pas ça ! Mais j'aime mieux vous dire que pour le cul, elles savent y faire. De vraies championnes ! Des virtuoses !

L'autre grinça à nouveau :

— J'ai dit pas de grossièretés !

— OK, boss, OK.

— Et ne m'appelle pas boss, c'est ridicule.

Saïd hocha la tête en se disant que le boss était de mauvais poil, ce soir. Ça arrivait quelquefois et il valait mieux filer doux. Quand Saïd participait aux ébats, comme cette nuit, il lui filait de la thune, parfois mille ou mille cinq cents balles, rien que pour enfiler une fille devant lui pendant que le boss se tapait l'autre. Encore un tordu qui n'arrivait à s'exciter qu'à condition qu'on lui fournisse du spectacle. Mais il n'en avait rien à secouer, Saïd, il avait toujours aimé sauter les filles et si, en plus, on le payait pour, c'était l'antichambre du paradis. Bien entendu, il s'agissait d'une combine secrète entre le boss et lui, personne d'autre n'était au courant.

Le boss était en train de se désaper, révélant un engin de gabarit moyen, mais en parfait état de marche.

Saïd en fit autant, ce qui lui demanda quelques secondes. De son slip rouge surgit une fusée à tête chercheuse prête à décoller de sa rampe de lancement au premier signal.

Il attrapa les fesses de la jeune touriste teutonne la plus proche de lui.

— A nous les petites Allemandes ! lança-t-il gaiement avant de la retourner dans le bon sens et de se lancer à l'abordage au beau milieu du sillon de sa croupe épanouie.

Le boss en faisait autant contre le bureau en acier brossé avec l'autre Allemande qui, ivre morte, roucoulait des choses incompréhensibles dans sa langue originelle.

C'était marrant, songea Saïd avant de ne plus penser à rien d'autre qu'à ce que faisait son membre au plus profond des reins de sa vacancière d'outre-Rhin, le boss on ne le voyait jamais qu'en juillet-août, et en plus il n'était pas le patron en titre de la boîte. D'après ce qu'on lui avait dit, il n'apparaissait nulle part nommément, dans aucun papier officiel. Paraît-il même que son nom, enfin celui sous lequel il était connu au village de la Plage d'Or, Godemert, Lucien Godemert, n'était pas son vrai blase. Mais ça, Saïd, s'en moquait comme de l'an quarante. Tout ce qu'il voyait c'est qu'il fourrait comme une bête, selon l'expression raffinée qu'il adorait employer, et qu'on le payait pour. Alors il se donnait à fond. Dans tous les sens du terme.

Jean-Paul Sarrazin s'épongea le front d'un revers de bras. Deux heures et demie du matin, et le bilan des opérations était le suivant : il venait de se déverser à longs traits dans la bouche d'une jeune femme qui n'était autre que l'épouse d'un homme chez qui il séjournait depuis une semaine, qui lui avait offert son hospitalité, son amitié et sa confiance. Et que lui, Sarrazin, venait de trahir abominablement en cédant aux avances de son épouse au lieu de s'enfuir épouvanté comme un séminariste devant une affiche de cinéma porno.

Ladite épouse, d'ailleurs, semblait à mille lieues de ces affres de culpabilité. Bras levé, elle essayait d'attirer l'attention de l'un des serveurs. En vain d'ailleurs, car ils étaient pratiquement tous très « occupés » !

— Qu'est-ce que tu fais ? interrogea Sarrazin d'une voix chevrotante.

— Tu vois. J'essaie d'avoir quelque chose d'autre à boire.

Elle frissonna en se coulant contre lui.

— Ta queue est un vrai lance-flammes, roucoula-t-elle, j'ai l'impression d'avoir avalé du napalm, il faut que j'éteigne cet incendie.

Sarrazin se ripolina d'écarlate. Son front, qu'il venait d'éponger, se mit à nouveau à ruisseler.

— Tu ne crois pas que tu as assez bu ? interrogea-t-il d'une voix sourde.

Elle haussa les épaules.

— Puisque c'est pas moi qui conduis !...

Tout à l'heure, il avait appris avec étonnement qu'elle possédait le permis de conduire mais que Sontag ne lui laissait jamais prendre le volant. Incroyable ! Comme si elle lui avait confié qu'elle portait une robe à crinoline ! Mais en quel monde vivait-elle, alors ?

Comment pouvait-elle survivre sans bagnole? Elle avait hoché la tête. « A Paris, on a Hermann, le chauffeur d'Alexandre, chaque fois que j'en ai besoin il se met à ma disposition. Et ici en vacances, eh bien, il y a toujours des gens, comme toi, qui viennent nous voir. Je profite de leur présence pour me faire conduire où j'en ai envie... »

Ces mots revenaient à la mémoire du jeune homme, à présent. Il se retint de demander à Francine si les « gens » en question avaient tous droit au même traitement de faveur que lui. Il préféra compter mentalement le nombre de whiskies qu'il avait déjà avalés. Quatre si ses souvenirs étaient bons. Mieux valait s'en tenir là.

Dans la discothèque, l'atmosphère avait viré à la partouze générale. La température, grimpée de plusieurs crans, était devenue étouffante, alourdie par l'odeur de sueur et de rut de tous ces corps agglutinés. Une touffeur de jungle emplissait la salle. Presque plus personne ne dansait. Un mari soutenait gentiment la nuque de sa femme, tandis que celle-ci renversée sur une banquette les jambes haut relevées à l'équerre, se faisait pilonner par un type aux yeux fixes qui la travaillait comme un marteau-piqueur. Une Suédoise au pubis rasé, lisse et rose comme un ventre d'enfant mais qui paraissait, sans sa garniture pileuse habituelle, étrangement large et bombé, s'était laissée prendre par deux Belges ivres de Gueuze ou de Pielsen qui jouaient aux serre-livres avec elle, l'ayant coincée par terre, à quatre pattes, et la possédant en cadence, l'un dans la bouche, l'autre dans le ventre. Ils étaient tous deux bedonnants et leurs couennes roses claquaient à chaque mouvement comme des gifles contre le visage et les fesses de la Suédoise qui tressautait, entre eux, comme une minuscule coque de noix prise en pleine tempête.

Plus loin, un Français également ivre mort s'amusait à essayer d'introduire dans l'orifice le plus étroit de la personne de sa compagne le goulot d'une bouteille de J & B, tandis que la jeune femme au corps légèrement alourdi par des grossesses successives se révélait une fellatrice pleine de conviction à l'égard d'un très jeune homme qui caressait avec des frissons incestueux ses gros seins maternels aux aréoles larges comme des soucoupes.

Plus loin encore, Frank et Mikaël, deux des barmen de la boîte, reprenaient haleine après avoir arraché des orgasmes multiples et successifs à une Hollandaise aux hanches larges, aux seins minuscules et à la forêt pubienne blonde comme de l'or. Mais la Hollandaise en redemandait. Couchée sur le ventre, à même la moquette de la salle, elle n'arrêtait pas de gémir et de miauler, creusant les reins, relevant les fesses comme une chatte en chaleur, ouvrant et refermant les cuisses alternativement, révélant des replis intimes gonflés et tuméfiés comme la peau d'un fruit bien mûr qu'on a longuement astiqué. Ses gémissements faisaient peine à entendre, tant ils étaient déchirants.

Mikaël, l'un des barmen, aperçut les signes désespérés que faisait Francine Sontag depuis son box. Il se releva lourdement, son sexe encore à moitié gonflé jouant les balanciers contre ses cuisses, et se rapprocha du couple.

— Deux autres, commanda la jeune femme.

— Un autre, rectifia son compagnon.

— Alors un seul, soupira Francine.

Elle avança la main vers les arguments virils du barman qu'elle soupesa gentiment, en connaisseuse.

— Il est presque aussi bien monté que toi, dit-elle à Sarrazin. Ça te dirait de le voir me baiser ?

Mikaël, le barman, blêmit sous son bronzage comme un type qui vient de grimper une montagne et à qui on annonce qu'il faut remettre ça. Heureusement, l'homme qui accompagnait la jeune femme secoua énergiquement la tête.

— Pas du tout, fit-il.

Francine lâcha à regret le membre de Mikaël.

— Dommage, murmura-t-elle. Tu ne sais pas ce que tu perds.

— Je crois surtout que j'ai besoin de respirer, on étouffe ici, jeta Sarrazin dès que le barman se fut éloigné.

D'un geste qui échappa au jeune homme, Francine consulta sa montre, une superbe Cartier en or incrustée de minuscules diamants.

— J'allais te le proposer, fit-elle. J'avale mon verre et on s'en va, OK ?

Sarrazin se cala contre la banquette, un peu moins nerveux d'un seul coup. La perspective de quitter cet enfer de stupre le soulageait brusquement. Comme si plus vite il s'éloignerait de la discothèque où son « péché » avait été consommé, moins celui-ci lui pèserait lourd sur la conscience.

Mais une petite voix, en lui, bien qu'assourdie par la fatigue et l'ivresse, n'arrêtait pas de lui chuchoter que tout ce qui s'était passé cette nuit, il allait le payer. Et cher.

Mikaël revint avec le whisky de Francine. Celle-ci l'avala d'un trait, puis elle se leva.

— Pendant que tu règles, je vais aux toilettes, annonça-t-elle.

— Vous avez de la chance de pouvoir aller dormir,

confia le barman à Sarrazin dès qu'ils furent seuls. Je suis complètement crevé ! Mes journées commencent tard, d'accord, mais elles ne finissent jamais avant sept ou huit heures du mat !

Il eut un geste las vers la salle où les corps nus s'entremêlaient un peu partout puis, le regard complice, il se pencha vers Sarrazin.

— Pour tenir, je carbure à l'Extasy, confia-t-il. Ça vous dit quelque chose ?

— Un peu, grogna évasivement le scénariste.

— Vous devriez essayer, reprit Mikaël, ça améliore les performances. Et votre amie, là, il faut pas lui en promettre !

— Vous la connaissez ? interrogea Sarrazin.

Le barman eut un grand sourire épanoui.

— Mais tout le monde la connaît, ici ! lança-t-il. La baiseuse la plus géniale de toute la Côte !

Il s'interrompit parce que la robe de dentelle bleue de Francine virevoltait dans leur direction. Sarrazin se laissa entraîner vers la sortie sans pouvoir en apprendre davantage.

L'air tiède de la nuit lui fouetta le visage comme s'il s'était précipité sous une cascade d'eau bénite pour se laver de ses péchés.

Le parking, à l'arrière de la discothèque, était extraordinairement silencieux sous la lune presque pleine, étincelante au milieu d'un ciel d'un bleu marine à couper le souffle. Francine s'appuya contre la portière droite de la Sunny SLX de Sarrazin.

— Tu m'as empêchée de me faire sauter par Mikaël, tu me dois donc une compensation, annonça-t-elle en exagérant sa voix de petite fille montée en graine.

Le scénariste s'immobilisa en face d'elle, les clés de sa voiture pendant au bout de ses doigts.

— Hein ? éructa-t-il.

Elle joua des hanches sous la très mince dentelle de sa robe. Tout en glissant une main dans l'entrejambe du jeune homme.

— Tu vas montrer ce que tu sais faire avec ce gros machin-là, reprit-elle. Je veux que tu me violes, maintenant. Et que tu me fasses mal.

Sarrazin, qui se croyait tiré d'affaire, la regarda, bouche entrouverte.

— Ici ? Comme ça ?

— Non, dit-elle, j'ai une meilleure idée. Viens. Je vais te montrer le chemin.

Elle accentua sa pression sur le muscle intime qui grossissait à nouveau sous la toile du pantalon.

— Et ne me raconte pas que tu n'en as pas envie, dit-elle encore.

Lorsqu'ils furent dans la voiture, elle lui annonça où ils allaient.

— Sur la plage des Dunes, c'est à deux pas d'ici. J'ai envie que tu me fasses l'amour sur le sable, au bord de l'eau.

Il embraya la marche arrière et entreprit de se dégager du parking. Vaincu, il n'essayait même plus de protester ; d'ailleurs il n'y avait rien à faire. Il avait mis le doigt dans l'entrenage (et même un peu plus que le doigt) et il allait y passer entièrement.

*
**

S'il avait été doué du don de double vue, Sarrazin aurait eu des sueurs froides. A cet instant précis, en effet, dans le grand bureau de la discothèque où il venait de passer deux heures avec Francine, l'homme qui les avait observés derrière le moucharabieh raccrochait le téléphone.

La conversation avait été brève.

— Dans une heure sur la plage des Dunes, avait-il dit à l'inspecteur Jumel, du commissariat du Cap d'Agde.

Tout était en place, à présent. La machine infernale allait dérouler ses rouages compliqués jusqu'au bout. Quoi qu'il arrive.

CHAPITRE II

Jean-Paul Sarrazin se redressa brusquement sur les avant-bras, ses yeux fouillant l'obscurité avec inquiétude.

— Qu'est-ce qu'il y a ? gémit Francine. Continue, je t'en supplie, tu vas me rendre folle !...

Intégralement nue, elle s'était allongée sur le sable, jambes ouvertes. Sarrazin s'était déshabillé, lui aussi, et il s'était lancé dans une exploration méthodique du corps de la jeune femme en essayant de ne penser à rien d'autre, avec l'énergie du désespoir de quelqu'un qui a décidé de se noyer et qu'on ne fera pas revenir sur sa résolution.

Au bout de quelques instants à parcourir les courbes somptueuses et les vallonnements profonds de l'anatomie de Francine, il s'était arrêté sur un zone précise, le bout du nez à deux ou trois centimètres du buisson soyeux et sombre de la jeune femme. Elle avait une forêt pubienne soigneusement taillée en rectangle étroit, épilé sur les aines, et qui montait haut en direction du nombril. Sous la lune, chacun de ses poils bouclés scintillait, légèrement argenté. Au contact des lèvres de Sarrazin, la fourrure drue et parfumée se mit à reprendre vie, crépitant avec douceur. Puis elle poussa un petit cri aigu, et il devina qu'il avait touché l'endroit sensible, à l'orée de la fente moite de son intimité. L'esprit en déroute, les sens en feu, partagé entre le désir et la culpabilité, il dégagea du bout de la langue la crête rose d'un clitoris qui ne demandait qu'à jaillir de son écrin et prit immédiatement des proportions ahurissantes. Sidéré par le phénomène, il le prit entre ses lèvres et l'aspira, il avait maintenant la taille d'un petit stylo, Sarrazin ne se souvenait pas d'en avoir vu d'aussi volumineux dans toute son existence.

Dès qu'il l'eut dans sa bouche, un long frisson parcourut le corps de Francine qui se mit à gigoter, à se débattre, gémissant et criant avec une telle frénésie qu'il avait l'impression d'avoir ferré un énorme poisson, une bête marine qui luttait désespérément au bout de son hameçon.

Mais si Francine luttait, ce n'était pas pour se dégager de lui, bien au contraire. Son clitoris continuait à grossir entre les lèvres de Sarrazin, il avait presque la taille d'un sexe d'homme au repos à présent, c'était quelque chose d'extraordinaire, un phénomène tellement insolite qu'il s'arrêta un instant de l'avaler pour l'examiner avec attention.

Mais Francine avait grimpé trop haut dans l'excitation pour tolérer qu'il ne s'interrompe.

— Ne me laisse pas ! cria-t-elle d'une voix rauque. Viens maintenant, viens dans mon ventre.

L'instant d'après, il commençait à coulisser en elle, l'envahissant progressivement d'une poussée lente, puissante, tandis que dans sa tête s'entrechoquaient les mots d'une phrase obsédante, imprimée en lui comme une bande magnétique folle : « Je baise la femme de mon patron, je baise la femme de mon patron… »

Il en était là quand il crut entendre du bruit du côté de la haie de cyprès coupe-vent.

La plage que Francine avait choisie pour leurs ébats, celle des Dunes, se trouvait très éloignée du centre du Cap d'Agde, en direction du bassin de Thau et de la route de Sète. Inaccessible en voiture, comme d'ailleurs la plupart des plages du coin, on ne l'atteignait qu'après avoir cheminé un certain temps sur un sentier qui traversait un bois de chênes verts et de résineux. A un moment, Francine s'était arrêtée de marcher et avait dirigé vers lui son beau visage où la lune plaquait des accords argentés.

— Tu vas dire encore que je suis obsédée, avait-elle souri, mais j'aime mieux te prévenir : l'endroit où je t'emmène est un vrai baisodrome ! Un bordel en pleine nature ! Les gens viennent de toute la région s'y envoyer en l'air.

De plus en plus dépassé par les événements, Sarrazin lui avait demandé :

— Ça t'arrive souvent de venir ici ?

Elle avait haussé les épaules.

— Ça m'arrive, avait-elle sobrement répondu.

Etait-ce dû à l'heure tardive ? Toujours est-il que la plage des Dunes semblait parfaitement déserte, contrairement à ce qu'avait annoncé Francine. De petites vagues molles et tièdes venaient mourir en clapotant le long d'un sable qui devait être rougeâtre en plein jour. La lune étincelait comme un projecteur et on n'avait pas besoin de faire beaucoup d'efforts pour s'assurer que personne n'était embusqué dans cette anse lisse et nue comme la main. Sauf, peut-être, derrière une longue rangée de cyprès qui frissonnaient imperceptiblement dans la brise...

C'est de là, d'ailleurs, que le « bruit » était venu.

— Il y a quelqu'un, gémit-il.

— Et alors? jeta Francine en l'attrapant par les épaules pour le rabattre contre elle. C'est peut-être un voyeur, il en vient de temps en temps. Ou rien du tout, un chat qui fait craquer des branches...

Elle se renversa un peu plus en arrière, sa tête creusait le sable, ses seins dressés pointaient, dardant deux groseilles soulevées au rythme de sa respiration précipitée.

— Continue, reprit-elle, tu n'as pas le droit de t'arrêter, tu vas me rendre folle!

Il eut un instant d'hésitation. Le bruit, là-bas dans le petit bois, ne s'était pas reproduit, il avait dû rêver. Encore une hallucination, pensa-t-il, un effet de la culpabilité qui l'obsédait. Il reprit son martelage puissant au fond de son ventre.

— Plus fort, gémit-elle. Défonce-moi! Je veux que tu me fasses mal. Je veux que tu me violes, que tu me déchires, que tu me...

Elle s'interrompit, suffoquée par les coups de boutoir du jeune homme qui, brusquement, répondaient à sa demande. Elle se mit à roucouler, les bras jetés de part et d'autre de son corps, les doigts griffant le sable, les yeux grands ouverts, comme en extase, perdus dans la Voie Lactée qui déroulait son film à grand spectacle, tout là-haut, rien que pour eux.

Au bout de dix minutes, elle se mit à lâcher des halètements de plaisir apocalyptiques. Et son orgasme fut immédiatement suivi d'une tornade brûlante qui lui envahit soudain le ventre. Sarrazin, à son tour, explosait d'un plaisir d'autant plus fou, d'autant plus étourdissant que la cause profonde en était inavouable.

Il venait de s'offrir la femme d'Alexandre Sontag, son patron et ami.

C'était un peu comme s'il avait violé d'un seul coup les Dix Commandements. Il avait mordu à pleines dents dans le fruit défendu.

Il allait arriver ce qui arrive toujours dans ces cas-là : le ciel allait lui tomber sur la tête.

Ils jouèrent dans les vagues tièdes pendant près d'une demi-heure. Sous la lumière phosphorescente de la lune, la mer ressemblait à un bain de mercure.

A un moment, Francine fut projetée contre lui par une vague un peu plus forte que les autres. Il l'étreignit en tremblant, caressant ses bras minces et longs, son buste étroit où les seins pointaient, étrangement lourds et proéminents par contraste, sa taille étranglée, ses hanches vastes et enfin les deux fruits musclés de sa croupe. Leurs lèvres s'écrasèrent dans un long baiser et leurs langues luttèrent l'une contre l'autre, s'enroulant, glissant sur les dents, se cherchant réciproquement le fond du palais. Dans cette caresse, Sarrazin devina qu'il durcissait de nouveau, qu'il remontait, gonflé et palpitant de désir, pour la troisième fois.

Elle le sentit, battant contre son ventre. Elle recula son visage triangulaire d'ange démoniaque et elle plongea ses yeux dans les siens.

— Tu ne m'as pas fait assez mal tout à l'heure, dit-elle. Je veux que tu me défonces vraiment, cette fois.

De la bouche, elle effleura l'oreille droite du jeune homme.

— Je veux te sentir enfoncer ta grosse queue dans mon cul, compléta-t-elle d'une voix de fournaise.

Il essaya de protester, comme il l'avait fait les deux fois précédentes. Mais il savait déjà qu'il allait de nouveau succomber à la tentation.

Quel qu'en soit le prix à payer plus tard.

Comme une tigresse qui s'apprête à recevoir le pal de son seigneur et maître, Francine lâcha un feulement rauque en creusant les reins. Elle venait de se laisser tomber à quatre pattes dans le sable, à la lisière des vagues qui lui léchaient les genoux. Elle était toute ruisselante, comme pailletée d'eau salée, et ses longs cheveux blonds trempés étaient tressés par l'eau de mer qui dégouttait avec d'imperceptibles bruits mates dans le sable.

— Viens dans mon cul, répéta-t-elle en écartant les genoux pour s'ouvrir les fesses. Je veux te sentir tout entier en moi, jusqu'aux couilles !

Conscient de descendre une marche de plus dans l'escalier qui le conduisait à l'enfer, le scénariste s'empoigna de la main droite et se guida vers la minuscule cible froncée et brune qui s'offrait, impudente, insolente presque.

— Oui, oui, gueula encore Francine. Emmanche-moi. Vite, je t'en supplie !

De la main gauche, il lui flatta les fesses, puis les écarta encore un peu plus pour s'introduire plus aisément. Puis il pesa du plat de la main à la base de sa colonne vertébrale pour l'obliger à se cambrer encore davantage.

Il était si gros, et elle si étroite, que son membre se tordit légèrement sur lui-même, luttant contre l'orifice qui lui résistait. Il poussa des reins. L'extrémité de son sexe virait au violet sous l'effort.

Enfin il passa, distendant l'anneau de muscles de la jeune femme.

A cet instant, un coup de vent monté de la mer

poussa vers eux des nuages de brume bleutée chargés de senteurs aquatiques qui les enveloppèrent d'un étrange brouillard impalpable à la couleur presque surnaturelle, phénomène très bref mais fréquent dans cette région du littoral au mois d'août.

Sarrazin n'avait encore coulissé que de quelques centimètres dans les reins de Francine. Il poussa pour s'enfoncer plus avant.

C'est alors que la catastrophe se produisit.

Sous la forme d'un hurlement de la jeune femme.

Mais pas un hurlement de plaisir, cette fois.

Un cri de douleur. Un glapissement de rage et de souffrance.

— Non ! Arrête !

Trop sûr de lui, persuadé qu'il s'agissait d'un jeu, de la part de Francine, pour le provoquer à aller plus loin, il s'enfonça encore, la possédant, l'envahissant d'une poussée inexorable dans sa croupe ouverte.

— Non ! glapit à nouveau Francine. Arrête ! Salaud, tu me déchires, tu me fais mal !

Avant qu'il ne réalise qu'elle ne jouait plus, elle s'était arrachée à lui d'une torsion des reins et roulait sur le sable. Puis elle se retourna et lui fit face. Ses yeux étincelaient de rage.

— Salaud ! jeta-t-elle à nouveau. Ordure ! Je t'ai dit d'arrêter. Tu es sourd ou quoi ?

Puis sa main droite s'abattit à toute volée, le giflant par deux fois avec une violence telle qu'il eut l'impression qu'on le cravachait.

Abasourdi, sidéré, il ouvrit la bouche pour dire quelque chose, mais déjà elle s'était ruée vers ses vêtements, s'en était emparé, et maintenant elle courait en direction du petit bois de chênes verts. Très vite, l'obscurité des arbres la happa. Elle disparut.

Sarrazin demeura trois minutes à genoux dans le sable comme un boxeur sonné.

« Une folle, finit-il par dire entre ses dents. J'avais raison, elle est cinglée. »

Il se redressa, étourdi. La plage oscillait lentement sous ses yeux comme s'il allait s'évanouir, en proie au vertige.

A son tour, il ramassa ses vêtements, les enfila tant bien que mal et marcha en trébuchant dans la direction qu'avait prise la jeune femme quelques minutes plus tôt.

Très loin, du côté de la route, il perçut le ronflement étouffé d'un moteur qui démarrait puis s'éloignait.

Une brume plus épaisse noyait maintenant le paysage, un brouillard humide et poisseux que la lumière de la lune colorait d'un bleu doux, pastellisé.

Quand il arriva au bord de la route, sa voiture n'était plus là où il l'avait laissée. Elle n'était plus nulle part, d'ailleurs.

Et Francine Sontag non plus.

Francine qui n'avait pas conduit depuis des années et qui, dans sa fureur, avait dû sauter au volant et démarrer au hasard à travers la nuit, en zigzaguant comme une folle.

Il se souvint que, tout à l'heure, dans son trouble, il avait laissé les clés sur le tableau de bord.

Et maintenant il se retrouvait comme un imbécile sur cette route déserte, avec une bonne quarantaine de bornes à couvrir, à pied, pour regagner la maison des Sontag, à Bellesource, un minuscule hameau perdu au milieu des vallons couverts de vignobles, tout près de Clermont-l'Hérault.

« C'est le début du châtiment » se dit-il en attaquant

la route qui, repassant par le Cap d'Agde, montait ensuite en direction de Pézenas.

Comme pour le distraire de ses sinistres augures, une grosse Mercedes s'arrêta charitablement à sa hauteur, juste à la sortie de Cap d'Agde, sur la départementale 312. Il s'agissait d'un couple de Hollandais qui remontaient sur Amsterdam.

En se laissant tomber sur la banquette arrière, Sarrazin consulta sa montre. Trois heures et quart. Il ferma les yeux et bénit le ciel de lui avoir envoyé cette Mercedes providentielle.

Les Hollandais lui proposèrent même de faire un détour pour le déposer à domicile à Bellesource. Ce qui fait qu'à quatre heures pile, il apercevait le portail monumental de la propriété de son patron.

Quelques instants plus tard, le ronflement de la Mercedes s'éteignait dans la campagne, et le silence de cette région de l'arrière-pays languedocien, entre plaine et montagne, retomba lourdement. A peine rompu par les mille murmures étouffés des ruisseaux qui creusaient les prairies. Au loin, là-bas, on apercevait les toits de Bellesource derrière la double rangée de pins maritimes qui bordaient l'allée privée conduisant à la propriété des Sontag. Une trentaine de maisons blotties autour d'une église du XIVe siècle, au pied d'un amphithéâtre de roches basaltiques.

Sarrazin fouilla les poches de son pantalon, à la recherche de son paquet de Stuyvesant. Il ne restait que deux cigarettes dans le paquet, dont une toute tordue et l'autre cassée en deux. Il jeta celle qui était cassée, et redressa l'autre avant de se la coller au coin des lèvres et de l'allumer.

Merveilleux arrière-pays languedocien, songea-t-il en avalant sa première bouffée. Ici, les vacances avaient la même saveur, la même douceur qu'il y a cent ans. Il revit Sontag, un mois plus tôt, dans son bureau de *Mégamédia* près de l'Alma. Il le réentendit surtout :

— Vous verrez, lui avait dit son patron, vos capacités de travail seront décuplées par le calme et la tranquillité de Bellesource. Vous allez nous pondre un chef-d'œuvre, mon vieux, j'en mettrais ma main au feu !

Tu parles ! Brusquement écœuré par les pensées qui l'assaillaient, Jean-Paul Sarrazin jeta sa cigarette à moitié fumée. Par acquis de conscience, il l'écrasa soigneusement du bout de son espadrille noire. Inutile de foutre le feu à la région, il avait déjà fait assez de dégâts comme ça.

Il tourna les talons et attaqua le chemin privé conduisant à la propriété. La nuit tiède lui envoyait des bouquets de parfums, des effluves poivrés de thym mélangés à ceux, plus sucrés, des bruyères arborescentes ou des arbousiers. Dans le parc de *La Cardabèle* (1), les minuscules feuilles noires des grands chênes frissonnaient. Les pelouses vallonnées descendaient vers la propriété, à mi-pente, plantées de massifs de fleurs, coupées de buissons d'arbousiers ou d'euphorbes. La maison elle-même, toute en longueur et engloutie sous une véritable forêt d'ampélopsis qui lui faisait comme un épais pelage vert, avait été construite à la Renaissance. De cette époque, et malgré les innombrables remaniements et restaurations, elle gar-

(1) En langue d'oc, c'est-à-dire en occitan, la cardabèle désigne le chardon que l'on clouait sur les portails des granges et qui s'ouvrait et se fermait, selon qu'il allait pleuvoir ou non, à la façon d'un hygromètre.

dait quelques vestiges précieux, comme ses fenêtres à meneaux et deux ou trois médaillons sculptés sur la façade. Quand il l'avait achetée, dix ans avant, Sontag avait eu la sagesse de ne rien toucher à l'extérieur. Mais il avait engagé l'un des plus célèbres architectes-designers de l'époque avec mission de tout mettre par terre, à l'intérieur, et de tout reconstruire sur de nouveaux plans. Les murs étaient laqués blanc à présent, le mobilier hyper-clean et fonctionnel, avec fauteuils en tubes métalliques et cuir, surfaces en acier, dallages gris et jaunes, tables en inox, sièges en fibre de verre et ainsi de suite. Sarrazin eut brusquement envie de retrouver sa chambre au second étage, tout en camaïeu blanc et beige, et si basse de plafond qu'on aurait dit une cabine de bateau.

Quand on se rapprochait de la maison, on sentait l'odeur de la terre mouillée. C'était derrière les bâtiments que zigzaguaient trois ou quatre petits ruisseaux entre des buissons touffus de salsepareille. La piscine aussi était à l'arrière de la maison, creusée en pleine pelouse dont les contours épousaient les formes irrégulières.

Tout au bout des bâtiments, vers la droite, les toits des deux voitures scintillaient sous la lune, en bordure de la châtaigneraie.

Il reconnut la carrosserie noire de la Citroën BX d'Alexandre Sontag.

Puis celle de sa propre voiture, une Sunny SLX. Sa voiture ?

Il s'immobilisa, le cœur battant un peu plus vite.

Francine était donc rentrée. Malgré son inexpérience de la conduite, elle avait ramené son véhicule à bon port. C'était déjà ça.

Soulagé, il se rapprocha machinalement de la Sunny. Puis s'immobilisa à nouveau.

La portière avant gauche était défoncée ainsi qu'une partie de l'aile du même côté. L'inévitable était arrivé : Francine avait eu un accident.

Grimaçant, le scénariste évalua les dégâts. Pas de quoi fouetter un chat, en réalité. L'aile était seulement éraflée, c'était surtout la portière qui en avait pris un coup. Si Alexandre Sontag le questionnait, il répondrait qu'il avait trop bu, hier soir, et qu'il s'était payé un panneau de signalisation ou quelque chose de ce genre. Ça aurait pu être pire.

Il perçut un léger bruit et tourna sur lui-même.

Dans l'ombre, en bordure des pelouses, plusieurs transats blancs étaient restés dans les positions d'hier soir, quand tous trois avaient bu l'apéritif, à la tombée du jour, avant de dîner. Il y avait même encore, sur la table métallique blanche, un cendrier rempli de leurs mégots.

Mais surtout, dans l'un des transats, il y avait une silhouette.

Qui s'en extrayait lentement.

Francine.

Le visage inondé de larmes.

— Je suis désolée, sanglota-t-elle en se rapprochant. Je... J'ai été stupide, je me suis conduite comme une idiote. Il y a eu un accident, tout est ma faute.

Il reçut dans ses bras son long corps mince secoué de hoquets.

— Il n'y a pas de quoi en faire un drame, sourit-il d'une voix rassurante. Et si ça peut te consoler, je suis assuré tous risques. Alors...

— Je t'attendais, renifla-t-elle sans cesser de pleurer. Je ne sais pas ce qui m'a pris, tout à l'heure, j'ai paniqué bêtement parce que tu es énorme, mais maintenant j'ai très envie que tu finisses ce que tu avais commencé.

— Hein ?... émit-il, suffoqué.

Elle se colla un peu plus contre lui et il sentit sa main droite qui glissait vers son ventre et venait doucement lui envelopper le sexe.

— Je ne te plais plus ? roucoula-t-elle tout près de son oreille.

De nouveau les facultés intellectuelles de Sarrazin se mirent aux abonnés absents. Le cerveau en pleine déroute, il sentait la paume de Francine qui bougeait en cadence, provoquant au bon endroit un raidissement et un gonflement inexorables.

Et de nouveau, aussi, l'impression de vivre une sorte de rêve qui tenait à la fois du cauchemar et de conte de fées l'envahit.

— Je te dégoûte, maintenant ? reprit la voix de Francine sur le même ton capable d'ensorceler un bataillon d'ayatollahs.

— Non, mais...

Elle était en train de faire descendre la fermeture Eclair de son pantalon. Ses doigts se glissèrent dans l'ouverture et il retrouva, contre son membre, la chaleur affolante de sa main.

— Mais... Cet accident ? bégaya-t-il comme un idiot. C'est arrivé comment ?...

— Je te raconterai plus tard, émit-elle. Viens.

— Où ?... Où ça ? questionna-t-il de plus en plus ahuri.

— Où veux-tu ? dit-elle. Dans ta chambre, bien sûr.

Elle était folle, se dit-il. Folle et totalement amorale. Voilà maintenant qu'elle lui proposait de faire l'amour ici, à *La Cardabèle,* chez elle, c'est-à-dire chez Sontag, son patron et ami ! Alors que ce dernier dormait à l'étage au-dessous et qu'il pouvait se réveiller d'un instant à l'autre, grimper un étage et les surprendre.

— Non, dit-il. Tu...

— Viens, le coupa-t-elle en l'empoignant au bas-ventre. Il dort et la fin du monde ne le réveillerait pas, crois-moi.

Il se laissa conduire littéralement par la partie la plus sensible de son individu.

Les deux étages de marbre blanc de l'escalier lui parurent comme les dernières marches de ce Golgotha qu'il gravissait depuis le début de la soirée.

Un Golgotha de volupté et de honte... Un tourbillon de délices et de culpabilité qui le suppliciait alternativement.

Il plongea avec elle dans l'obscurité de sa chambre comme dans le dernier cercle de l'enfer.

Mais l'enfer a aussi ses plaisirs. Et comment y résister quand ils prennent la forme d'une fille qui trousse d'un seul coup sa robe, la relève sur les reins et, à genoux sur un grand lit, vous présente les rondeurs jumelles de sa croupe monumentale ?

—Vas-y ! lâcha-t-elle. Baise-moi, salaud ! Mets-moi ton énorme queue, je t'en supplie !

Des deux pouces, il lui écarta les fesses, dégageant un sillon sombre dans lequel, d'une lente poussée, il s'enfonça.

Cette fois, il n'y eut pas de cris ni de protestations. Francine se laissa posséder avec des miaulements de chatte en chaleur, jusqu'à la délivrance finale.

Une demi-heure plus tard, Sarrazin eut brusquement

l'impression qu'on lui déversait un seau rempli de glaçons entre les omoplates.

Francine était en train de lui raconter l'accident tel qu'elle l'avait réellement vécu.

— Il y avait ce type au bord de la route... J'ai cru qu'il faisait du stop, tu comprends, alors je me suis arrêtée... Quand il m'a vue, il s'est rapproché en rigolant... J'avais ouvert ma portière et je me suis aperçue que j'avais à faire à un satyre... Il essayait de me... de me sortir de la voiture... Il voulait me violer... Je me suis débattue, je l'ai repoussé, je l'ai cogné avec la portière en essayant de la refermer... Il s'est relevé et je l'ai heurté... Il est tombé, je me suis affolée, je me suis embrouillée dans les vitesses, j'ai reculé d'abord, puis je suis repassée en première, puis j'ai encore reculé... Enfin, je ne sais plus, c'est horrible, je crois que je suis passée plusieurs fois sur lui... Oh, chéri, c'était un vrai cauchemar...

On ne pouvait pas trouver de mot plus juste, songea Sarrazin dont les idées s'entrechoquaient comme des boules de billard sans parvenir à s'arrêter.

Il se releva, toujours nu, mais le machin qui pendouillait entre ses jambes avait perdu toute sa raideur conquérante.

— Je lui ai fait mal, c'est sûr, mais je ne savais plus ce que je faisais, tu comprends, j'avais peur, chéri, horriblement peur ! C'était une espèce de brute ! Une vraie armoire à glace ! Un monstre ! J'ai perdu la tête, je lui ai roulé dessus, j'ai dû le blesser, le malheureux.

— Le blesser !

Sarrazin ricana lugubrement.

— Si ça c'est passé comme tu le racontes, reprit-il, tu l'as complètement écrabouillé, oui ! Tu en as fait de la confiture !

— Tu crois ?

Elle se mit à genoux au milieu du lit, les bras enserrant ses seins magnifiques dont les pointes roses restaient dardées.

— Il faut aller voir les flics, reprit-elle. Leur expliquer tout. Que je n'ai pratiquement jamais conduit. Que je me suis affolée. Que ce type m'a terrorisée, et que...

— C'est ça ! Aller voir les flics !

Il ricana à nouveau.

— Parce que tu imagines qu'en apprenant que tu as bousillé un bonhomme et que tu as pris la fuite, ils vont te voter les félicitations et te reconduire chez toi après t'avoir offert une tasse de thé et des petits fours ?

Elle le regarda avec des yeux égarés.

— Mais alors, gémit-elle, je suis dans la merde ?

Il secoua la tête.

— Pas que toi, répondit-il. Moi aussi. Dans la merde, c'est le mot, dans la merde jusqu'au cou.

Il avait déjà songé à toutes les hypothèses. La plus séduisante pour commencer : la fuite. Oui, foutre le camp tout de suite. Avant le jour. Boucler sa valise et remonter vite fait sur Paris. Et faire réparer sa portière cabossée là-bas, où personne ne lui poserait des questions, où on ne ferait jamais le rapprochement avec la mort d'un pauvre type, huit cents kilomètres plus au sud, sur une petite route du littoral languedocien.

Oui, mais comment il justifierait sa fuite devant Sontag ? Par un coup de cafard ? Une envie subite de revoir la capitale ? Et si, en son absence, Francine craquait et racontait tout à son mari ? Si elle lui disait ce qui s'était passé à la discothèque ou sur la plage, et ici même, sous son propre toit ? Si elle lui racontait par le menu comment le jeune scénariste plein d'avenir qu'il avait pris sous son aile l'avait trahi ?

Mieux valait se jeter tout de suite aux pieds du patron de *Mégamédia* et tout lui avouer.

L'ennui c'est qu'Alexandre Sontag n'était pas vraiment connu comme un type qui pratiquait le pardon des offenses. Il était plutôt du genre à vous mettre la tête sous l'eau si vous aviez le malheur de lui faire une crasse ou de trahir sa confiance.

S'il apprenait ce qui s'était passé cette nuit, il lui suffirait d'une petite matinée de coups de fil pour mettre le jeune scénariste au chômage définitif.

Sarrazin vint se rasseoir sur le lit.

— Qu'est-ce qu'on fait alors ? interrogea Francine qui le regardait toujours avec de grands yeux affolés.

Il posa une main sur l'épaule tiède de la jeune femme. Dire qu'il y avait à peine un quart d'heure, il s'enfouissait dans sa chair avec l'impression de pénétrer dans le paradis...

— Rien, murmura-t-il d'une voix qu'il essayait d'empêcher de trembler. Pour le moment, rien du tout. Tu vas aller te coucher et essayer de dormir. Et surtout, ne t'affole pas, hein ?

Elle se cramponna à son bras comme une noyée.

— J'ai peur, avoua-t-elle.

Elle ne jouait plus à la petite fille. Elle était vraiment une petite fille paniquée qui vient de faire une grosse bêtise et qui tremble d'être punie par ses parents.

— Ne t'inquiète pas, dit-il, je vais réfléchir à tout ça. Il ne faut surtout pas s'affoler.

Il s'efforçait d'avoir l'air rassurant, de parler d'une voix ferme et paisible, mais l'angoisse le griffait au ventre, lui mordait les entrailles, lui grignotait le cerveau.

Il ne s'était pas trompé, tout à l'heure, sur la route, après la plage des Dunes. Il avait fait la connerie de sa vie et maintenant il allait payer. Encore plus cher qu'il n'avait cru.

CHAPITRE III

Il y avait déjà trois jours que l'inspecteur divisionnaire Boris Corentin et l'inspecteur principal Aimé Brichot cherchaient Armella Trang-Duc, ancienne professionnelle du bitume reconvertie à la force du poignet en président-directeur général des Editions du Bon Plaisir. Exactement trois jours et deux nuits.

Elle leur avait fixé un rendez-vous auquel elle n'était pas venue. Elle avait rappelé pour s'excuser, dire qu'il y avait cas de force majeure mais qu'elle n'était pas du genre à poser des lapins, et qu'elle leur referait signe dès que possible. Ils ne s'étaient pas trop énervés parce que, jusqu'ici, Armella s'était toujours montrée régulière, mais enfin il y avait une limite à tout, même à la patience de deux policiers de la Brigade Mondaine de Paris, section des Affaires Recommandées, la section des enquêtes à risque, et des recherches qui débouchaient rarement sur les gros titres des infos de vingt heures, vu que, la plupart du temps, les poissons qu'ils ferraient étaient tellement énormes, les scandales tellement monumentaux, qu'on en aurait parlé encore cent ans plus tard s'ils avaient été divulgués au grand public. Tout leur boulot, donc, en règle générale, finissait sous forme de « blancs », c'est-à-dire de dossiers marqués « top secret », dans le coffre-fort du patron de la Brigade Mondaine, le commissaire divisionnaire Charlie Badolini. Lesdits dossiers resserviraient à l'occasion d'une nouvelle affaire. Ou comme discret moyen de pression sur l'un ou l'autre des individus concernés, si cela se révélait nécessaire, quelquefois des années plus tard.

Quoi qu'il en soit, Boris, au bout de trois jours, reçut un nouveau coup de fil d'Armella Trang-Duc. Elle était confuse, elle s'excusait encore, mais il y avait des moments dans la vie où on ne pouvait pas faire ce qu'on voulait. Elle les attendait, à l'heure qui leur conviendrait, à son bureau des Editions du Bon Plaisir où elle n'avait pas mis les pieds depuis trois jours.

Boris et Aimé étaient payés pour savoir qu'elle ne mentait pas, parce qu'ils s'y étaient pointés à plusieurs reprises.

— C'est bien que tu nous appelles, avait apprécié Boris, parce qu'on commençait à s'exaspérer.

— Il ne faut pas m'en vouloir, avait supplié Armella, je n'ai vraiment pas pu, tu sais...

— Ouais, mais as-tu pensé qu'on pourrait brusquement changer d'avis sur la légalité de ta petite industrie ?

— Tout est en règle chez moi, Boris, et tu le sais très bien.

— On n'est jamais vraiment en règle, Armella, il y a toujours un petit quelque chose qui cloche, et c'est ce petit quelque chose qui fiche tout par terre, généralement...

Et maintenant, ils étaient chez elle, dans son bureau

des Editions du Bon Plaisir, à une vingtaine de kilomètres de Paris, près de Saint-Quentin-en-Yvelines. On était le 11 août et il faisait une chaleur infernale sur toute la France.

Et, à les voir ainsi installés confortablement dans de grands fauteuils de cuir, il aurait fallu être devin pour imaginer qu'il y avait face à face deux flics de la Brigade Mondaine et une ancienne pute « relookée » patronne d'une maison d'édition sans pour autant avoir cessé de leur servir d'informatrice ou d'indic (comme on ne dit pas dans la police) à l'occasion.

Pour être franc, les Editions du Bon Plaisir n'avaient d'éditions que le nom. Armella louait depuis deux ans, en bordure de la voie de chemin de fer, un long bâtiment gris, mille mètres carrés de hangars et d'entrepôts pour y stocker des livres, c'est vrai, mais d'un genre assez spécial, et surtout des tas de gadgets destinés à finir, non sur des rayonnages de bibliothèques, mais sur des étagères de sex-shops. Les Editions du Bon Plaisir étaient actuellement numéro deux, en France, en matière de distribution de revues, livres, objets divers, cassettes, disques et autres spécialités pornos, autant appeler les choses par leur nom.

Une activité qui n'était pas très éloignée en somme, du métier originel de la ravissante Eurasienne.

De sa longue main manucurée aux ongles laqués rouge sombre, elle extraya la bouteille de champagne du seau à glace où elle baignait. Du champagne rosé, et même du « rosé de saignée » pour être précis. Du Pommery.

Elle remplit les verres des deux inspecteurs.

— Qu'est-ce que tu veux, fit-elle ensuite en relevant vers Boris ses immenses yeux de chatte très étirés vers les tempes, le coup de foudre ça ne se commande pas et c'est trop rare pour qu'on le laisse filer. Le jour où j'avais rendez-vous avec vous, j'ai fait la connaissance d'un type. Un Espagnol beau comme un dieu, un véritable Apollon d'Andalousie, marquis de je ne sais plus quoi, propriétaire de taureaux et plein aux as. L'homme idéal, quoi. Il était en France pour trois jours, et il m'a proposé une lune de miel à Deauville qu'il aurait été inhumain de refuser. Voilà. Tu peux me traiter d'idiote, mais c'est comme ça. Même les anciennes putes ont une âme de midinette. Enfin bref, on a roucoulé pendant trois jours, il fallait en profiter parce que là-bas, en Espagne, il est marié et père de cinq enfants. C'est d'ailleurs le seul défaut que je lui connaisse...

Boris regarda le liquide ambré qui pétillait dans son verre.

— De toute façon, c'est pas un mari que tu cherches, interrogea-t-il, ou alors tu as beaucoup changé ?

Elle haussa les épaules. Elle était moulée dans une curieuse robe ultra-courte noire faite d'un tissu synthétique étincelant qui tenait à la fois du cuir et du lycra. La robe s'arrêtait à la naissance des cuisses, et, à chaque fois qu'elle croisait les jambes, Brichot ressentait à peu près la même impression qu'un motard en train de déraper sur une plaque de verglas.

Boris l'avait connue au terme d'une longue enquête sur des réseaux de call-girls, pudiquement appelées « accompagnatrices », qui les avait conduits, Aimé et lui, jusqu'à Montréal (1). De retour à Paris, ils avaient poursuivi leurs recherches et démantelé plusieurs pseudo-agences qui mettaient de jeunes « hôtesses » au service d'hommes d'affaires et de hauts fonctionnaires

(1) Voir Brigade Mondaine n° 91, *La Call-Girl de Montréal.*

en visite en France. Officiellement, Armella y travaillait avec la qualification d'« accompagnatrice multilingue », ce qui ne manquait pas d'humour ! L'affaire était si bien montée qu'on ne pouvait pas la faire tomber pour prostitution. Boris l'avait interrogée, ainsi que d'autres « accompagnatrices », et les choses en étaient restées là. Elle n'avait même pas été citée à comparaître lors du procès de la gérante de l'agence, quelques mois plus tard.

Boris l'avait un peu perdue de vue, bien qu'elle ait continué à l'appeler de temps à autre. Puis, un soir, elle lui avait téléphoné pour l'inviter à dîner et lui annoncer la grande nouvelle de sa reconversion. Et là, sans s'embarrasser de préliminaires, elle lui avait carrément lancé :

— Quand j'étais pute je n'aurais jamais osé te le demander parce que tu aurais pu croire que j'essayais de faire de la corruption de fonctionnaire, mais maintenant que je suis sortie du circuit, c'est différent. Boris, je voudrais que tu me baises, et c'est la « pédégère » des Editions du Bon Plaisir qui te le demande...

Boris avait papilloté des paupières.

— Tu as peut-être changé de boulot mais pas vraiment de spécialité, lui avait-il fait remarquer.

Elle avait glissé un pied entre ses jambes sous la table du restaurant.

— Salaud, l'avait-elle coupé, je suis en train de te dire que je crève d'envie de t'offrir mon cul et tu fais la fine bouche !

On peut être policier et n'en être pas moins homme, c'était le cas de l'inspecteur divisionnaire Boris Corentin. Conclusion, ils avaient passé ensemble, après ce dîner, quelques heures inoubliables.

Boris ferma les paupières, résistant à la tentation de

lui demander si elle avait toujours ce ravissant grain de beauté sur la fesse droite, plus précisément à l'intérieur des fesses, juste en dessous du minuscule puits brun et froncé de ses reins.

— Si tu oubliais un peu ton roman-photo pour nous raconter ce que tu sais ? interrogea-t-il.

La magnifique Eurasienne, née d'une rencontre éphémère entre un jeune enseignant français, séjournant à Vientiane au titre de la coopération, et une Laotienne, soupira.

— Vous autres flics vous n'oubliez jamais le boulot, hein ?

Boris sourit. Depuis sa reconversion dans le porno en gros, Armella leur avait rendu quelques services. Pas exactement une balance, mais elle avait quand même gardé pas mal de relations dans le milieu qui pouvaient servir.

Comme on ne poursuit plus depuis longtemps les « pornocrates » pour outrage aux mœurs parce qu'ils vendent des godemichets, des « anneaux étrangleurs », des slips fendus à l'endroit adéquat, des poupées en latex ou des « harnais à verge », il a bien fallu trouver autre chose pour « tenir » ceux dont on attend de la bonne volonté. Et pour cela, le spectre de la DNEF, la redoutable Direction Nationale des Enquêtes Fiscales, était un moyen de pression bien plus efficace que la perspective de se retrouver avec une inculpation pour importation illégale de revues zoophiles ou sado-masos.

— On est réglo, non ? interrogea Boris. Alors fais pareil, tout ira bien.

Elle secoua ses longs cheveux couleur d'encre.

— Votre histoire me flanque les jetons, murmura-t-elle. Conrad et Bettina, je les ai connus dans le temps, vous comprenez. Rien qu'à prononcer leurs prénoms, j'ai encore des frissons dans le dos. Si jamais ils apprenaient que j'ai cherché à savoir pourquoi ils sont revenus en France...

Les sourcils de Boris se mirent en accents circonflexes.

— Parce qu'ils sont bien revenus, alors ?

— Oui, lâcha Armella. Ils ont débarqué à Roissy il y a une semaine. Avec de faux papiers évidemment : Monsieur et madame Emerson, de Philadelphie. Ce sera facile pour vous de vérifier.

Ils s'appelaient Emerson comme Boris et Aimé s'appelaient Roux et Combaluzier. En réalité, il s'agissait de deux tueurs d'origine allemande dont l'originalité était de travailler en couple : Conrad Gimbelhof et Bettina Singen. La jeune Eurasienne n'avait pas exagéré quand elle avait parlé de la peur qu'ils lui inspiraient. De toutes les ordures, de tous les dingues, de tous les détraqués du ciboulot, du sexe et du revolver, que Boris et Aimé avaient eu à pourchasser durant leur carrière, ceux-là étaient probablement les plus givrés. De vrais monstres froids. Des tueurs de la pire espèce : ceux qui jouissent en massacrant leurs victimes. Dix ans plus tôt, Conrad et Bettina leur avaient filé entre les doigts. Par la suite, on les avait signalés au Brésil, en Colombie et enfin aux Etats-Unis, sur la côte ouest.

Enfin, la rumeur avait couru qu'ils revenaient en France.

— Bon, murmura Boris, il faut que tu trouves leur adresse à Paris, maintenant.

L'Eurasienne alluma une Chesterfield.

— Ils ne sont pas à Paris, répondit-elle. Une voiture les attendait à Roissy, ils ont filé dans le Midi.

— Hein ? jeta Brichot.

— Dans le sud, oui. Du moins c'est ce qu'on m'a raconté, mais entre nous j'aimerais mieux ne rien savoir, si vous voyez ce que je veux dire...

— Sur la Côte d'Azur ? interrogea Brichot.

Elle mordilla le filtre de sa cigarette.

— Ça, je l'ignore. Et j'aime mieux vous dire que vous pourrez me faire ce que vous voudrez, je ne chercherai pas à en savoir plus...

Boris se rapprocha.

— On t'a déjà mouillée, Armella ?

— Vous, non, murmura-t-elle.

— Alors ?

Elle se leva et fit les cent pas dans le grand bureau laqué beige. Rien qu'à la voir ainsi marcher, tout en courbes voluptueuses, moulée dans une robe qui avait l'air peinte sur elle, avec ce fessier somptueux et ces seins qui essayaient de percer agressivement le corsage, on se demandait d'instinct où étaient les projecteurs et quand allait commencer le strip-tease.

— Vous vous souvenez de ce qu'ils faisaient aux filles récalcitrantes, à Anzin ? leur demanda-t-elle.

C'était là-bas, pas très loin de la frontière belge, que Boris et Aimé avaient failli coincer les deux Allemands, dix ans plus tôt. A l'époque, ils faisaient pour ainsi dire office de « chiens de garde » dans une maison de dressage, une sorte de camp de concentration pour apprenties prostituées où on leur apprenait la vie et à ne pas faire les dégoûtées, plus tard, si un riche client leur réclamait des machins pas ordinaires. Celles qui se révoltaient étaient froidement abattues et les autres filaient doux. Pas très loin de l'ancienne ferme reconvertie en maison d'abattage on avait découvert un charnier : huit cadavres de filles dans des états de décomposition variés, mais toutes sciées, oui, découpées à la tronçonneuses : c'était le travail de Conrad Gimbelhof et Bettina Singen.

— Je n'ai aucune envie de finir coupée en deux, reprit l'Eurasienne. Je vous l'ai dit, ces deux cinglés me flanquent une trouille bleue. Vous pouvez me mettre la DNEF aux fesses, j'aime encore mieux ça.

C'était tout dire... Armella faisait allusion à l'un des secrets les mieux gardés de la police : deux à trois fois par mois, un responsable du service « Prostitution-Proxénétisme-Stupéfiants » de la Direction Nationale des Enquêtes Fiscales rencontrait des homologues policiers. Ceux-ci lui remettaient des extraits de dossiers sur certains individus qui, à leurs yeux, méritaient une enquête fiscale approfondie. La machine se mettait alors en marche, et les procédures aboutissaient à des redressements, à des amendes, ou même, dans les cas les plus extrêmes, à des peines de prison.

— J'ai envie d'être peinarde, c'est vrai, dit-elle encore, mais pas à n'importe quel prix.

Boris s'arracha à son fauteuil, imité aussitôt par Brichot.

— Le midi de la France c'est grand, fit-il remarquer, et ça m'étonnerait qu'ils soient revenus des Etats-Unis pour faire du tourisme sur la Côte d'Azur...

Il attrapa l'Eurasienne par l'avant-bras droit, remontant doucement vers la saignée du coude.

— Ils ont un boulot à faire, murmura-t-il, et quand ils auront fini ce boulot, il y aura du sang partout, tu le sais très bien. Alors, il faut que tu nous aides. Sans toi on ne peut rien, on est aveugles et sourds.

Elle ondoya sous la caresse.

— Quand tu me prends par les sentiments, dit-elle d'une voix rauque, tu me ferais faire n'importe quoi, j'en oublierais même mon Espagnol, Boris. Mais là, vraiment, tu m'en demandes trop.

— Rien qu'un petit effort, protesta Corentin, et ensuite on te laisse tranquille. Fais marcher tes relations.

— Je connais la chanson.

— En souvenir du passé...

Brichot transpirait sous son blouson de gabardine beige et son polo noir. Et se demandait de plus en plus s'il n'aurait pas mieux fait de les laisser seuls, ces deux-là, qu'ils s'expliquent en tête à tête, bien tranquillement.

— Tu m'envoies à l'abattoir.

La main de Boris remonta un peu plus haut, caressant la chair satinée de l'Eurasienne.

— Ne te sous-estime pas, dit-il. Tu es parfaitement capable de ramasser un paquet de renseignements sans te mouiller.

Elle plongea ses yeux dans ceux du policier.

— On verra, dit-elle enfin. Je ferai ce que je pourrai. Mais je te jure, Boris, que je n'exagère pas, ils me flanquent la frousse.

Il se retint de lui faire le pire aveu qui puisse venir à l'esprit d'un flic : lui aussi, ils lui faisaient peur, ces deux détraqués qui jouaient de la tronçonneuse comme d'autres jouent de la clarinette.

Et c'était pour ça qu'il fallait mettre la main dessus.

A peine étaient-ils réinstallés dans leur R 20 noire de fonction, que le téléphone de bord se mettait à grésiller.

Boris décrocha.

C'était Sylvaine Morand, la secrétaire de Charlie Badolini.

— Le patron vous cherche partout, annonça-t-elle. Il paraît que c'est urgentissime, il a l'air nerveux.

Boris embraya la première.

— Et notre dîner, alors ? bougonna Brichot qui venait de consulter sa montre. Il est presque neuf heures du soir !

Boris s'arrêta à un feu rouge.

— Si tu voulais manger à des heures régulières, Mémé, fit-il remarquer, il ne fallait pas devenir flic.

CHAPITRE IV

Les yeux mi-clos, le commissaire divisionnaire Charlie Badolini, chef de la Brigade Mondaine, observait en silence depuis quelques instants ses deux inspecteurs vedettes des Affaires Recommandées. Boris Corentin d'abord, toujours aussi athlétique, épaules tendant à crever son blouson de toile kaki, et qui était en train d'allumer une Gallia. Aimé Brichot ensuite, plus petit et maigre dans un blouson beige, mocassins américains aux pieds et pantalon de serge café au lait.

Exceptionnellement, le plus bronzé des deux n'était pas Boris, que pourtant les bonnes fées penchées sur son berceau avaient gratifié d'un teint naturellement hâlé et à qui il suffisait d'une heure d'exposition au soleil pour avoir l'air de revenir d'un séjour de quinze jours à la mer ou aux sports d'hiver.

Non, le plus bronzé des deux, c'était Brichot qui venait de passer le mois de juillet avec Jeannette, son épouse, et leurs trois enfants, dans une petite maison qu'ils avaient loué à Belle-Ile-en-Mer, histoire de faire la nique à Boris qui, six mois plus tôt, avait mené là-bas une enquête en solo (1).

— Messieurs, attaqua Charlie Badolini, je suis bien content de vous voir parce que figurez-vous qu'on a du pain sur la planche.

Comme d'habitude, il faisait une chaleur d'enfer dans le bureau du patron de la Brigade Mondaine, au second étage du 36 quai des Orfèvres. Fenêtres fermées à cause du vacarme des voitures sur les quais, ce qui voulait dire taux de pollution maximum à l'intérieur, pour cause de tabagie invétérée du commissaire divisionnaire. Aimé Brichot pensait depuis longtemps qu'il aurait dû toucher une prime de risque supplémentaire à cause des dangers que les habitudes du patron faisaient courir à sa santé. D'un regard hostile, il considéra un instant le cendrier de Badolini, rempli à ras bord de cadavres de cigarettes sauvagement consumées jusqu'à leur ultime extrémité.

— Peut-être, reprit le patron de la Brigade Mondaine, avez-vous entendu parler du commissaire principal Derain ?

Boris et Aimé secouèrent la tête en chœur.

— M'étonne pas, murmura Badolini en considérant ses ongles jaunis de nicotine. Derain est un vieil ami à moi, on a fait nos études de droit ensemble, et depuis on est restés en contact. Bien sûr, nous ne nous rencontrons plus très souvent depuis qu'il est à la tête du SRPJ de Montpellier, mais enfin nous ne nous sommes jamais perdus de vue. Quand il a un problème sur lequel il pense que je peux lui apporter mes lumières, il n'hésite pas à m'appeler.

Charlie Badolini toussota.

— C'est ce qui s'est passé ce matin, reprit-il. Coup

(1) Voir Brigade Mondaine n° 105, *La Vénus de Belle-Ile.*

de fil d'une heure au terme duquel j'ai compris que, là-bas, on ne serait pas contre l'idée de voir débarquer deux policiers de la Brigade Mondaine pour débrouiller, avec toute la discrétion souhaitée, une affaire qui n'a pas l'air de sentir très bon…

Il alluma une nouvelle Celtique maïs tandis que Brichot et Corentin songeaient silencieusement que les affaires qui sentent bon, ils n'en avaient encore jamais rencontrées dans toute leur carrière de flics.

— Vous êtes toujours sur le dossier des deux tueurs allemands ? interrogea-t-il.

Boris acquiesça.

Badolini releva les sourcils.

— Du nouveau ?

— Ils sont effectivement revenus en France et on vient d'apprendre qu'ils ont filé, aussitôt après Roissy, vers le sud. La Méditerranée.

— C'est grand, la région méditerranéenne. Aucune idée de leur point de chute ?

Boris ouvrit les mains.

— Pour le moment pas la moindre, mais on attend de nouvelles informations.

Badolini réfléchit.

— En somme, ça ne s'emmanche pas si mal que ça, si je puis dire, marmonna-t-il entre ses dents. Si je vous envoie au Cap d'Agde, vous serez également à pied d'œuvre pour les deux tueurs fous. A condition, bien entendu, qu'on soit fixés sur l'endroit exact où ils se sont rendus.

— Effectivement, admit Corentin.

Badolini se leva. Sous les fenêtres de son bureau, deux étages plus bas, un bateau-mouche passait, tous projecteurs braqués sur les façades du quai. La chaussée et les trottoirs grouillaient de l'animation des nuits de canicule. En regardant bien, on pouvait distinguer les passants. Enormément de filles seules, des touristes, et autant d'hommes également solitaires venus à la chasse aux belles étrangères.

Charlie Badolini pivota sur les talons.

— On parle beaucoup de policiers « ripoux » en ce moment, non ? réattaqua-t-il. Eh bien, messieurs, c'est sur l'un d'entre eux que je vous envoie enquêter.

Il dressa un index osseux.

— Enfin, sur un présumé « ripou », rectifia-t-il.

Boris grimaça. Il avait déjà eu personnellement affaire à l'IGS, la fameuse police des polices, l'Inspecteur Générale des Services, le cauchemar de tous les flics de France et de Navarre, alias la « maison bœufs-carottes » parce qu'ils ont la réputation d'adorer faire mijoter leurs collègues. Une sorte de Grande Inquisition chargée de faire le ménage et de débarrasser la police des brebis galeuses. Il était payé pour savoir que les choses ne sont jamais simples et que le métier de flic oblige parfois à fréquenter des malfrats, des truands ou des prostituées, ne serait-ce que pour infiltrer les réseaux. De là à se retrouver leurs complices, il y avait une marge, mais l'IGS ne faisait que bien rarement le détail...

Devant la mine consternée de ses deux policiers vedettes, Badolini reprit d'un ton conciliant, presque paternel :

— Je sais ce que vous allez me dire, murmura-t-il. Votre spécialité, c'est de chasser le malfaiteur, pas de traquer les policiers qui franchissent la ligne jaune séparant les flics des truands. Je suis d'accord avec vous. Mais j'ai d'excellentes raisons de vous envoyer là-bas, vous allez comprendre tout de suite.

Il alluma une Celtique maïs et propulsa dans l'atmosphère plusieurs cumulo-nimbus chargés de nicotine.

— Primo, d'après ce que m'a dit Derain, les hommes du SRPJ de Montpellier sont grillés dans le coin. Trop connus, trop copains avec les policiers du Cap d'Agde pour enquêter sainement sur l'un d'entre eux. Bien entendu, Derain et ses collègues sont tout disposés à vous refiler les tuyaux qui vous seront utiles, mais ne comptez pas sur eux pour aller sur place. Si vous voulez travailler efficacement, il vaudra mieux que vous soyez seuls. A part ça, Derain s'occupe de tous les problèmes matériels. Vous débarquerez à l'aéroport de Fréjorgues, une voiture vous y attendra, et vous filerez sur le Cap d'Agde où Derain aura retenu deux chambres dans le meilleur hôtel du coin. Pas de problèmes non plus, évidemment, côté procédure. Votre commission rogatoire sera subdéléguée par le juge d'instruction de là-bas. Ceci pour les détails matériels.

Il grilla d'un coup la moitié de sa Celtique et dessina dans l'espace un très joli rond de fumée.

— Venons-en maintenant au nœud de l'histoire. Le policier qui se trouve dans le collimateur s'appelle Jumel. Frédéric Jumel. Du commissariat du Cap d'Agde.

Il toussota.

— Et il est mort.

Boris et Aimé écarquillèrent des yeux ronds comme des soucoupes.

— S'il est mort, dit Badolini, pourquoi prendre des gants, n'est-ce pas? C'est bien ce que vous allez me dire?

— En quelque sorte, patron, approuva Boris.

— Parce qu'il a une veuve et des enfants, répondit Badolini, et qu'avant de mettre les pieds dans le plat on a jugé préférable de prendre des précautions, ne serait-ce que pour ménager la mémoire d'un père et d'un mari...

Il s'empara d'un dossier sur sa gauche.

— Tous les détails sont là-dedans, dit-il. Derain m'a envoyé ces documents par télécopie et vous aurez le temps de les consulter. Mais je résume le problème.

Il pivota d'un quart de tour sur son fauteuil.

— En surface, c'est-à-dire officiellement, l'affaire se présente de la façon suivante : il y a quatre nuits, un policier nommé Jumel se promène, à pied, sur une petite route qui longe la mer, à deux ou trois kilomètres du centre du Cap d'Agde, pas très loin d'un endroit qu'on appelle la plage des Dunes. Un chauffard, sans doute ivre, le renverse et prend la fuite. Bien entendu la police enquête. L'indignation est unanime, chacun condamne hautement le salopard qui a écrasé ce malheureux policier aimé de tous, de surcroît marié et père de famille. Les recherches ne sont pas faciles dans la mesure où l'accident n'a eu aucun témoin, mais tout sera mis en œuvre pour retrouver celui qui, etc.

Il écrasa son mégot de Celtique dans le cendrier apoplectique.

— Ça, c'est pour la façade, inutile de vous le dire. Parce qu'en profondeur les choses sont un peu plus complexes, alors ouvrez bien vos oreilles.

— Nous sommes tout ouïes, patron, jeta Brichot.

— Parfait. Alors voilà. Deux heures avant cet « accident » qui a coûté la vie à Jumel et qui a dû avoir lieu vers trois heures du matin d'après le médecin-légiste, son épouse l'a surpris, chez eux, en train de téléphoner. Il fixait un rendez-vous à un correspondant inconnu sur la plage des Dunes. Il paraît que le ton a monté et que la voix de Jumel semblait menaçante. Malheureusement sa femme entendait mal, elle était à l'autre bout de la maison en train de coucher ses enfants...

Boris sortit d'une des poches de son blouson son paquet de Gallia.

— Cela voudrait dire, murmura-t-il, que quelqu'un attendait Jumel près de cette plage des Dunes et que l'accident de la route n'en est pas vraiment un ?

— En effet, approuva Badolini. Et c'est là qu'il est indispensable de connaître les antécédents de Jumel pour avoir une idée de ce qu'il pouvait bien trafiquer, à trois heures du matin, avec son correspondant inconnu.

Il croisa ses longues mains osseuses.

— Quand je dis « antécédents », je me comprends, rectifia-t-il. Il ne s'agit que de soupçons, n'est-ce pas. Et rien, jusqu'ici, n'a pu être prouvé. Vous savez ce que je pense des rumeurs ? Quand on accuse quelqu'un, je demande des preuves. A vous de les trouver. Ou d'innocenter Jumel s'il est innocent.

Il racla la moquette du bout des talonnettes surélevées de ses chaussures.

— N'empêche que les soupçons dont je parlais pèsent des tonnes, reprit-il. Vous savez ce que gagne un inspecteur, n'est-ce pas ? Eh bien Jumel, avec son salaire, a réussi à s'offrir une superbe villa au Grau d'Agde, avec piscine *of course* et il se pavanait depuis quelques mois au volant d'une R25 GTX. Il est vrai que tout cela a été acquis le plus « légalement » du monde. Une vieille dame d'un village voisin, la Tamarissière, avait été agressée et cambriolée. Jumel s'est occupé de l'affaire et la vieille dame et lui sont devenus les meilleurs amis du monde. Le fait que cette vieille dame ait eu de substantielles économies, environ six ou sept cent mille francs, n'était peut-être pas étranger à leur amitié. Toujours est-il que la vieille dame a changé son testament et déshérité un cousin lointain pour favoriser Jumel qui, à sa mort, a hérité de ce qu'il y avait sur son compte bancaire. Une combine imparable : la vieille dame est morte de mort naturelle et Jumel n'a volé personne. Il s'est contenté d'hériter.

Badolini se coinça une nouvelle Celtique à la commissure droite des lèvres.

— Il y a pire, si je puis dire. Mais là encore aucune preuve, rien de tangible. Plusieurs affaires sur lesquelles les policiers du commissariat du Cap d'Agde enquêtaient ont loupé au dernier moment. A chaque fois dans des conditions bizarres. Comme si quelqu'un, de l'intérieur de la police, avait informé les voyous. Bien entendu, rien n'a jamais pu être prouvé... Enfin...

Il marqua un temps d'arrêt, tira sur sa Celtique puis lâcha :

— Enfin, plusieurs plaintes émanant de femmes interpellées sont arrivées à la police. Sous prétexte de les photographier, elles accusaient Jumel de les avoir obligées à se dévêtir et à poser nues. L'une d'entre elles affirme même qu'elle a dû administrer une fellation à Jumel. Là, il y a quand même eu un début d'enquête qui aurait pu déboucher sur une inculpation d'abus de pouvoir à caractère sexuel. L'ennui c'est que les plaignantes se sont rétractées l'une après l'autre et l'enquête est tombée à l'eau...

Badolini soupira.

— Maintenant Jumel est mort, et toutes ces affaires n'ont plus qu'une importance anecdotique. Mais il va vous falloir remuer cette boue, pour déterminer si sa mort est accidentelle ou pas. Et si le prétendu « chauffard » qui l'a renversé était le même que l'inconnu avec qui il avait rendez-vous. De deux choses l'une, en effet. Ou Jumel est innocent et on l'a odieusement calomnié, ou bien il fait partie de ces « flics qui puent » dont on n'entend, hélas, que trop parler ces temps-ci...

Il se leva brusquement.

— Vous comprenez pourquoi on a besoin au Cap d'Agde de policiers habiles, discrets et tout et tout ? Quand Derain m'a dit ça, j'ai eu l'impression qu'il était en train de dessiner vos portraits-robots.

On ne pouvait pas être plus aimable.

Boris et Aimé s'étaient levés, eux aussi, parce qu'à la façon dont Badolini s'était arraché de son siège, on pouvait deviner que l'entretien touchait à sa fin.

— Eh bien, conclut Boris, je crois que nous nous sommes tout dit... Pour l'affaire des Allemands, les deux tueurs, Gimbelhof et Singen...

— Vous donnerez vos instructions à Rabert et Tardet pour qu'ils gardent le contact avec vos informateurs et qu'ils vous tiennent au courant.

— OK, patron, murmura Boris. Mais vous savez ce qui serait gentil maintenant ? Que vous nous souhaitiez bonne chance...

Le visage osseux de Charlie Badolini s'éclaira d'un sourire presque affectueux.

— J'allais faire mieux que ça, bougonna-t-il. J'allais vous dire « merde », parce que je ne tiens pas à vous porter la poisse !

CHAPITRE V

La lourde main couverte de touffes de poils noirs d'Alexandre Sontag s'avança, à travers la table, à la rencontre de celle de Sarrazin.

— Qu'est-ce qui se passe, mon petit Jean-Paul ? interrogea le patron de *Mégamédia* et de *Téléplus.* Vous n'avez pas l'air dans votre assiette, ce matin ?

Sarrazin ne pouvait s'arracher les yeux de cette grosse main velue posée sur la sienne. A force de la regarder, il eut l'impression qu'elle se transformait en une sorte de crabe un peu monstrueux, ou d'araignée géante. Il battit plusieurs fois des paupières et l'hallucination s'évanouit.

— Mais si, dit-il avec effort. Tout va bien. Tout va très bien, je vous assure, il n'y a aucun problème.

Malgré les grands pins parasols à l'ombre desquels ils avaient installé la table, la chaleur, à dix heures du matin, était déjà infernale. Pas un seul nuage à l'horizon et un ciel d'une limpidité absolue. Le silence, autour de *La Cardabèle,* la propriété des Sontag, bourdonnait de cigales.

Le patron de *Mégamédia* se renversa contre le dossier de sa chaise. Comme d'habitude, il était vêtu en tout et pour tout d'un short court, rayé vert et jaune. Mais ses cuisses larges comme des jambons et son ventre gigantesque masquaient presque complètement le short lorsqu'il était assis, ce qui donnait l'impression qu'il était nu. Sarrazin le regarda. Depuis quatre jours, il le considérait avec d'autres yeux. Presque avec dégoût. Et hostilité. Et une question revenait perpétuellement dans sa tête : Comment une créature aussi ravissante que Francine, son épouse, avait-elle pu s'intéresser à un être aussi répugnant physiquement qu'Alexandre Sontag ? D'accord, il n'y avait pas que l'apparence physique. Mais enfin tout de même, ça comptait. Et puis Sontag aurait pu être son père, ou presque. Elle s'était mariée avec lui pour le fric, bien sûr, ça crevait les yeux. Sinon pourquoi ? Pour son pouvoir ? Pour son intelligence et son prestige ? C'est vrai qu'il émanait de Sontag une puissance étrange, presque monstrueuse. Comme c'est souvent le cas avec les « forces de la nature ». Sarrazin lui-même avait succombé à sa séduction dès la première rencontre, et le dynamisme, l'énergie de l'homme l'avaient électrisé. S'il avait immédiatement donné le meilleur de lui-même, dès ses premiers scénarios, c'était grâce à lui. Parce qu'il avait envie de l'éblouir. De lui plaire. De lui prouver qu'il pouvait lui faire confiance. Sarrazin était de ces individus doués qui ne s'épanouissent réellement que sous l'influence de personnalités plus fortes qu'eux-mêmes. En rencontrant Sontag, il avait trouvé son maître.

Du moins c'est ce qu'il s'était dit jusqu'à la nuit de folie, de terreur et de volupté qu'il avait passée avec Francine.

Depuis, tout s'était détraqué.

D'abord, il se sentait coupable, vis-à-vis de son

patron, et, comme souvent dans ces cas-là, pour se déculpabiliser, il cherchait tous les motifs possibles et imaginables de détester ou de mépriser le mari trompé.

Mais il y avait pire encore.

Il aimait Francine à présent, il en était sûr. Il ne pouvait plus se passer d'elle. La nuit, le souvenir de son corps magnifique revenait le hanter. Ils ne s'étaient plus revus en tête à tête depuis quatre jours, mais il n'arrêtait pas de penser à elle, il n'en dormait plus, il se tournait et se retournait dans son lit jusqu'à l'aube, en proie à de véritables délires. Ça ne pouvait plus durer.

Enfin, il y avait encore autre chose.

L'accident, l'épouvantable accident dont les journaux, depuis la veille, parlaient.

Un homme avait effectivement été renversé par une voiture, la nuit où Francine s'était révoltée, en proie à une crise bizarre, sur la plage des Dunes, et l'avait planté là, en pleine nuit, à quarante kilomètres de Bellesource.

Et cet homme, ce n'était pas n'importe qui, c'était un policier. Un certain Jumel, du commissariat du Cap d'Agde. Et il était mort.

Le chauffard qui l'avait tué avait pris la fuite.

D'après la presse et la radio, les recherches se poursuivaient activement. Les enquêteurs possédaient déjà quelques indices, mais ils ne pouvaient pas en dire plus pour le moment.

Jusque-là, Sarrazin avait nourri des espoirs insensés. Que Francine se soit trompée. Ou que le type qu'elle avait renversé n'ait été que très légèrement blessé. La retombée dans la réalité n'en avait été que plus violente.

A bord de sa voiture à lui, elle avait tué un flic !

Depuis, le scénario des *Amants de la Rose des Vents*

n'avait pas avancé d'une ligne. Sarrazin était censé y travailler tous les jours, dans un des grands salons du rez-de-chaussée de *La Cardabèle* qui lui était réservé, une pièce vaste et fraîche aux fenêtres masquées de stores blancs, où trônait une longue table faite d'une épaisse dalle de verre au milieu de laquelle était posé son Macintosh, environné d'une multitude de papiers sur lesquels des notes étaient griffonnées.

Depuis qu'il avait appris la terrible nouvelle, Sarrazin était incapable d'aligner deux idées cohérentes. Il avait essayé de se calmer, de s'asseoir devant l'écran de sa machine à traitement de textes et de se concentrer en oubliant tout le reste, mais c'était absolument impossible.

Il se forçait quand même à rester enfermé avec son écran, quatre ou cinq heures de suite, comme si de rien n'était. A Sontag, il avait raconté qu'il était sur un passage particulièrement délicat et que ça traînait un peu, mais dès qu'il aurait franchi l'obstacle, il retrouverait sa vitesse de croisière.

Mais le cauchemar ne s'arrêtait pas.

Alexandre Sontag dirigea vers le scénariste son large visage barré d'épaisses lunettes noires.

— Vous devriez vous détendre, murmura-t-il. Est-ce qu'on n'est pas bien, ici ? Est-ce que ce n'est pas le paradis ?

— Si, répondit piteusement Sarrazin.

Sontag bougea en faisant couiner son fauteuil. Ses cent vingt kilos débordaient de partout. Cheveux rares sur le crâne, mais étrangement épais et noirs sur les côtés et derrière. Des lèvres épaisses, lippues presque. Un cou large. Et deux mains, surtout, comme des gants de boxe.

— Ici j'oublie tout, soupira-t-il, épanoui. Je rajeunis

de quinze ans en huit jours. Bellesource, c'est mon bain de jouvence. Je croyais vous faire plaisir, en vous invitant à...

— Mais je suis ravi, bondit Sarrazin. Tout va merveilleusement bien, ne vous inquiétez pas.

La pelouse sur laquelle ils étaient installés, à l'ombre des pins parasols, descendait en pente douce vers la piscine, dont le bleu fluo miroitait au milieu de l'herbe, à peine ridé par un souffle d'air chaud.

— Cette nuit, dit soudain le patron de *Mégamédia,* je ne dormais pas, alors j'ai réfléchi au scénario. Je me demande si on ne devrait pas revoir le découpage, qu'est-ce que vous en pensez ?

— Vous préféreriez quatre épisodes de cinquante-deux minutes ? interrogea Sarrazin qui s'entendait répondre comme un automate.

— De toute façon, on n'a pas le choix. C'est ça ou vingt-six épisodes.

Il faisait allusion aux « standards » américains pour les séries télévisées. Il n'y en avait pas trois, ni dix, il n'y en avait que deux, et on avait intérêt à s'y conformer si on voulait participer à la grande compétition planétaire des images.

— Oui, pourquoi pas ? murmura le scénariste d'une voix cotonneuse.

Il allait ajouter quelque chose lorsqu'il eut l'impression qu'une énorme boule brûlante obstruait sa bouche.

Francine venait d'apparaître sur les marches de pierre plusieurs fois centenaires de l'escalier descendant vers le jardin.

— Je vais me baigner, lança-t-elle avec un grand sourire. Qui m'aime me suive !

Sarrazin plongea du nez dans la tasse, devant lui, au fond de laquelle traînait un reste noirâtre de café.

Dans l'ombre du perron, la silhouette de Francine resta un instant immobile, moulée dans un affolant maillot noir en lycra qui lui collait à la peau, épousait les plus légers vallonnements de son corps, ses courbes les plus infimes et jusqu'aux mèches épaisses de son pubis qu'on devinait gonflant le tissu élastique. Sarrazin eut l'impression que la température avait encore augmenté de plusieurs degrés.

— Tant pis pour vous ! dit-elle en haussant les épaules.

Puis elle passa devant eux, leur présentant le côté pile, encore plus affolant que le côté face, une paire de fesses admirables, deux hémisphères élastiques qui avaient tendance à manger le tissu du maillot à chaque pas.

Ils perçurent un « splatsch » retentissant, accompagné d'une grande gerbe d'eau chlorée. Francine nagea quelques instants puis s'arrêta, les deux mains accrochées au rebord de céramique bleue de la piscine.

— Il y a plein de guêpes, se plaignit-elle de sa voix de petite fille, c'est insupportable ! Faites quelque chose !

Sontag tourna vers elle son visage massif.

— Que veux-tu qu'on fasse, Bébé ? soupira-t-il. C'est un été à guêpes, on n'y peut rien !

Il l'appelait « Bébé » et elle l'appelait « Papa », une façon comme une autre de souligner avec humour les vingt-six ans qui les séparaient.

— Je suis sûre que les pièges à guêpes sont vides ! se plaignit-elle encore. Marthe ! Marthe !

Il n'y avait pas tellement de chances pour que la vieille femme prénommée Marthe, qui habitait le village de Bellesource et qui, chaque fois qu'ils venaient à *La Cardabèle,* leur servait à la fois de cuisinière et de femme de ménage, l'entendît, vu qu'elle était sourde comme un pot.

Sarrazin jaillit de son fauteuil.

— J'y vais, annonça-t-il.

Sontag suivit des yeux le slip de bain bleu nuit de son scénariste préféré qui moulait des fesses maigres et qu'on devinait poilues. En cinq enjambées, Sarrazin fut au bord de la piscine. Dès qu'on quittait les ombrages des pins parasols, le soleil vous tombait dessus comme une volée de fers à repasser rougis à blanc. Il s'accroupit près de l'une des sphères de plastique transparent que Francine avait appelées les pièges à guêpes. Il y en avait quatre, aux quatre coins de la piscine, quatre gros récipients, percés d'un trou en dessous, par lequel les guêpes étaient censées s'introduire pour ne plus en ressortir. A l'intérieur, c'était un véritable charnier d'où montait une odeur infecte de vinasse. Sontag prétendait que les guêpes raffolaient du muscat de Rivesaltes, particulièrement liquoreux et riche en sucre.

— C'est vrai, il n'y a plus de muscat, constata Sarrazin. Je vais en chercher.

Francine se rapprochait de lui en nageant.

— Dépêche-toi, murmura-t-elle. Il faut que je te parle.

Il dut faire un effort sur lui-même pour ne pas la regarder.

— Je me dépêche, fit-il sur le même ton.

Trois minutes après, il avait refait le plein de muscat dans les quatre pièges à guêpes. Il posa la bouteille dans l'herbe, puis se laissa tomber dans la piscine dont l'eau se referma sur lui comme une main tiède.

Il se mit à évoluer lentement à la surface, crawlant vaguement, puis faisant la planche.

— Je suis inquiète, lui annonça Francine en le croisant.

Elle vira sur elle-même et le rejoignit. Le cœur de Sarrazin s'était mis à cogner plus fort. Qu'est-ce qui pouvait bien l'alarmer ainsi ? Il fallait que ce soit grave. Hier matin, il avait réussi à la voir seule cinq minutes dans un couloir. Quand il lui avait annoncé qu'elle avait écrasé un flic, elle avait haussé les épaules. « Et alors, avait-elle dit, qu'est-ce que ça change ? De toute façon c'était pas marqué sur sa figure qu'il était policier ! » Sarrazin avait blêmi. « Mais ça change tout, avait-il dit avec rage. Et en plus, il est mort ! » Elle avait fait sa moue de Lolita boudeuse. « Je ne l'ai pourtant pas cogné fort », avait-elle soupiré. Depuis, il n'avait pas noté de changement particulier dans son attitude, elle ne semblait même pas se rendre compte qu'elle avait tué un policier et qu'elle avait pris la fuite.

— J'ai perdu ma montre sur la plage, l'autre nuit, dit-elle d'une voix à peine plus audible que le léger clapotement de l'eau autour d'eux.

— Quoi ?

Il reprit d'une voix que Sontag, à cinquante mètres de là, ne pouvait percevoir.

— C'est maintenant que tu t'en aperçois ?

Elle eut de nouveau sa moue boudeuse.

— Ben quoi ? Je pense à ma montre quand je regarde l'heure, pas toi ?

— Et alors ? Tu ne regardes l'heure que tous les trois jours ?

— En réalité, je ne la regarde presque jamais, avoua-t-elle.

Ils nageaient sur place, l'un et l'autre, par brefs mouvements des jambes et des pieds, pour rester à la même hauteur.

— Il faut absolument retrouver cette montre, fit le scénariste. C'est exactement le genre de truc à avoir les flics ici dans les vingt-quatre heures. Je vais essayer d'inventer un prétexte pour emprunter la BX d'Alexandre. Toi, de ton côté, réfléchis à ce que tu pourrais lui dire pour m'accompagner.

Elle eut un rire en cascade.

— Mais qu'est-ce que tu crois, idiot ? Je ne suis pas cloîtrée, je vais expliquer à Papa que j'ai envie d'aller à la plage et que tu es d'accord pour m'y conduire, il trouvera ça parfaitement normal.

— Tu es sûre qu'il ne voudra pas venir avec nous ?

— Il a horreur de ça, il n'y met jamais les pieds. Il dit que c'est vulgaire.

Il n'était pas question, en tout cas, qu'ils sortent avec la Sunny. Depuis la nuit terrible, Sarrazin n'y avait pas touché. Il l'avait simplement garée de telle sorte que le flanc gauche de la voiture, c'est-à-dire la partie abîmée, « colle » contre une haie de cyprès, si étroitement qu'il était impossible de s'apercevoir que la carrosserie, à cet endroit, était cabossée.

A Sontag, il avait raconté qu'il avait un problème de carburateur, qu'il avait téléphoné à tous les garagistes du coin mais que ceux-ci étaient débordés pour le moment.

Tout cela n'avait d'autre avantage, il le savait, que de lui faire gagner du temps. Mais qu'est-ce qu'on pouvait espérer, dans sa situation, sinon gagner du temps ?

— Il faut qu'on y aille le plus vite possible, murmura-t-il.

Elle le regarda de ses yeux ensorcelants.

— Tu es si pressé que ça ? Tu ne trouves pas qu'on est bien ?

Il n'eut même pas le temps de répondre. D'un coup

de reins, elle s'était retournée sur elle-même et elle plongeait, tête en avant. Avec horreur, il devina ce qu'elle avait l'intention de faire : lui administrer une fellation sous l'eau ! A cinquante mètres de l'endroit où se trouvait son mari ! Il essaya de se débattre, mais elle l'avait attrapé par les hanches. Il sentit que, du bout des doigts, elle baissait son slip puis l'empoignait de la main droite.

Elle remonta à la surface pour reprendre haleine. Il tenta de la retenir.

— Idiot, jeta-t-elle. Tu as peur de Papa ? Mais regarde-le, là-bas, il est en train de dormir !

Sarrazin se retourna pour apercevoir, à l'ombre des pins parasols, l'énorme silhouette flasque de son patron écroulé dans un transat. Déjà Francine avait replongé. C'était une sensation extraordinaire. Ses lèvres chaudes s'étaient refermées autour de son membre et il eut l'impression que c'était toute la piscine qui s'était transformée en chair liquide pour l'avaler.

La fellation ne dura que quelques instants, Francine réémergea, remplit d'air sa cage thoracique, puis :

— On va continuer ça ailleurs, décida-t-elle. Je sors la première et j'annonce à Papa que je veux aller à la plage. Toi, tu restes un peu dans la piscine et dans dix minutes, tu nous rejoins.

***

Au même instant, à une quarantaine de kilomètres de là, sur la place de la Comédie, à Montpellier, deux hommes étaient en train de prendre congé d'un troisième.

— Vous allez avoir du boulot, lança le troisième aux deux autres.

Le commissaire Derain, du SRPJ de Montpellier, était serré à en éclater dans une chemisette bleue à manches courtes. Il portait un pantalon de toile blanche et des mocassins de même couleur.

— Je suis désolé de ne pas pouvoir vous aider davantage, dit-il. Mais je préfère être franc avec vous. On vous a appelés de Paris parce que nous, ici, on est pour ainsi dire pieds et poings liés. Vous comprenez, tout le monde se connaît, dans le coin, alors enquêter sur le passé d'un collègue, victime par-dessus le marché d'un chauffard — du moins jusqu'à preuve du contraire — ça la fout mal. Tandis que deux policiers de Paris, personne ne vous en voudra si vous mettez votre nez dans des trucs pas propres...

Il toussota, un peu gêné quand même de lâcher les collègues parisiens à peine débarqués sur son territoire.

— Ma consolation, reprit-il, c'est que je vous ai trouvé deux chambres dans le meilleur hôtel du Cap d'Agde, *Le Matago,* en plein centre ville, à quelques centaines de mètres des plages. Et ça, je vous jure qu'en pleine saison c'était pas gagné d'avance !

Ils s'étaient arrêtés près de la 505 GTI blanche qui attendait Boris et Aimé à l'aéroport, une heure plus tôt.

— Au Cap d'Agde, dit encore le commissaire Derain, le flic qui attend votre arrivée c'est l'inspecteur Mervaud. Prévenu, bien entendu, par mes soins depuis hier soir. Vous pouvez avoir toute confiance et je pense que vous ne serez pas déçus.

Il regarda Boris.

— Vous surtout, ajouta-t-il à son intention.

Dix minutes après, Boris et Aimé tournaient dans

Montpellier à la recherche de la sortie direction Sète et le Cap d'Agde.

— Qu'est-ce qu'il a voulu dire, Derain, avec son inspecteur-qui-ne-nous-décevra-pas-toi-surtout ? interrogea Brichot.

Boris secoua la tête.

— Pas la moindre idée, mon vieux.

De l'index, Brichot décolla sa chemisette Lacoste verte, histoire de faire un courant d'air. Le voyage n'avait pas duré plus d'une heure, mais ils s'étaient levés tôt, ce matin, et il se sentait un peu cotonneux, comme à chaque fois qu'il prenait l'avion.

Il se renversa sur son siège, regardant défiler une volée de cyprès, le long de la voie conduisant à l'autoroute.

— Et quel est le début du programme ? interrogea-t-il d'une voix légèrement ensommeillée.

— L'inspecteur-qui-ne-nous-décevra-pas, *of course*, répondit Corentin dont les paumes déjà huilées de sueur glissaient sur le volant.

CHAPITRE VI

Elle était tout ce qu'on voulait, vaguement nymphomane, perverse, détraquée et surtout complètement amorale, mais il y avait une chose qu'on ne pouvait pas lui reprocher, c'était de manquer de suite dans les idées.

Tout à l'heure, dans la piscine, Francine avait annoncé à Sarrazin qu'on continuerait « ça » ailleurs, et on continuait effectivement « ça » ailleurs.

Sur ses indications, ils avaient d'abord pris des petites routes à travers la campagne. C'était la première fois que Sarrazin pilotait la BX du patron de *Mégamédia*. Furtivement, en s'installant au volant, il avait pensé : « Je lui prends sa femme, je lui prends sa voiture, qu'est-ce que je pourrais encore lui prendre d'autre ?... » Il y a des cas où le sentiment de culpabilité, c'est le commencement de la sagesse. Si Francine avait tardé cinq minutes de plus à venir s'asseoir à côté de lui dans la BX, peut-être que Sarrazin aurait retrouvé ses esprits et que la mauvaise conscience aurait été la plus forte.

Mais elle avait atterri sur la banquette un instant trop tôt. Elle s'était posée souplement, plus belle que jamais dans une extraordinaire chemise jaune et marron dont les impressions imitaient la peau d'un serpent. En bas, elle ne portait qu'un short noir minuscule moulant ses fesses rebondies et musclées.

Le soleil tapait contre le pare-brise et Sarrazin avait eu l'impression de se trouver devant la porte grande ouverte d'un four géant.

Sontag, de loin, leur avait fait un signe de la main.

— Soyez sages ! leur avait-il lancé.

Les mêmes mots que l'autre soir quand ils étaient partis pour cette folle équipée qui s'était terminée en drame.

Dès le premier tournant, la main gauche de Francine avait atterri entre les cuisses du scénariste. Elle l'avait déboutonné et elle s'était emparée de lui.

— Tourne par là, avait-elle indiqué en montrant une petite route qui serpentait entre des vallonnements couverts de vignes.

— On ne va pas au bord de la mer ?

— Pas tout de suite. J'ai une autre idée.

Il faillit protester mais elle bougeait doucement les doigts autour de son membre qui continuait à raidir et à gonfler sous sa caresse montante et descendante.

Il actionna les vitesses, rétrograda dans le virage, repassa en seconde dans une petite route bordée de chênes verts et de platanes. A un croisement, un panneau indiquait : « Lac du Salagou, 5 km ».

Il pilotait calmement, mais ses tempes étaient cognées par un tam-tam de plus en plus frénétique. Sous les doigts de Francine, son membre s'était démesurément allongé et il palpitait, dur comme une massue de chair qui ne demandait qu'à entrer en action.

« Je suis à sa merci », se dit-il tandis qu'elle se penchait pour coiffer des lèvres son gland turgescent.

Au pied du barrage du Salagou, un immense plan d'eau miroitait, d'un bleu d'autant plus étonnant qu'il contrastait avec les pentes verdoyantes qui l'entouraient. De là où ils se trouvaient, sur les hauteurs dominant le lac, en bordure d'un bois de hêtres épais et majestueux, on n'apercevait que les silhouettes minuscules des nageurs, et les voiles blanches de quelques bateaux, toutes inclinées dans la même direction.

Au bout de quelques kilomètres, Francine avait fait prendre à Sarrazin un sentier cahoteux qui passait à travers bois. Puis elle lui avait demandé de s'arrêter.

L'endroit était absolument désert. Trouant le feuillage, passant à travers les frondaisons, le soleil les criblait de minuscules pastilles dorées. Dès que la BX s'était immobilisée, Francine avait fait voler par-dessus sa tête la chemise imitation reptile. Puis ça avait été le tour de son short noir. Elle était maintenant nue, magnifique, sa peau de blonde piquetée de petites fleurs de lumière qui dansaient sur son corps comme autant d'éphémères taches de rousseur.

— Ça fait trois jours que j'en ai envie, avait-elle lâché avant de plonger vers l'imposante colonne de chair dont elle découvrit, à deux mains, le museau rose et palpitant.

— Tu es folle... murmura tendrement Sarrazin en lui attrapant la tête à deux mains.

— Et alors ? fit-elle, la bouche à ras de son sexe.

Il ne sut pas quoi répondre. Une fois de plus, la tentation fut la plus forte. S'empoignant de la main droite, il s'enfonça dans sa bouche le plus profondément qu'il put. Il se mit à aller et venir avec violence, la forçant sans ménagement à s'ouvrir, la violant comme elle l'attendait. Et elle, les yeux fermés, subissait dans une sorte d'extase déchaînée. Attendant religieusement qu'il se déverse en elle.

Haletante, couverte de sueur, elle s'était cassée en deux, le buste contre le capot brûlant de la BX. Elle écarta les cuisses. Entre ses fesses, un fouillis de poils sombres ombrageait la fournaise liquide de son sillon intime.

— Je veux que tu me fasses mal, dit-elle d'une voix étouffée, défonce-moi, je t'en supplie, déchire-moi, vas-y !

La première fois, sur la plage des Dunes, l'expérience s'était plutôt mal terminée. Pour des raisons qui restaient d'ailleurs mystérieuses au jeune homme. Mais à quoi bon chercher à savoir ? Cette fille était folle, il le savait depuis l'autre nuit. Et lui aussi était fou. Et c'était bon, merveilleusement bon, d'être fous tous les deux, comme ça, en pleine nature, comme Adam et Eve avant l'expulsion du Paradis terrestre !

Il se mordit les lèvres. Glissant vers ses reins, Francine venait de s'ouvrir à deux mains, offrant d'elle-même sa plus secrète intimité. Il visa l'orifice musculeux et étroit qu'elle lui abandonnait et commença à la pénétrer.

Elle feula en se cambrant d'un coup de reins, faisant encore davantage jaillir sa croupe ouverte.

— Plus fort ! Plus vite ! cria-t-elle. Je t'en supplie ! Défonce-moi !

Un orage commençait à la secouer, comme la première fois. Son membre s'arqua contre le puits involontairement rétracté. Sarrazin eut une poussée et réussit enfin à s'introduire en elle d'un seul coup jusqu'au ras du pubis.

— Encore ! glapit Francine.

Il avait l'impression de nager dans un orifice de velours qui se distendait à l'infini au fur et à mesure qu'il le forçait.

Au bout d'un moment, la main passée entre ses cuisses, elle le saisit, emprisonna ses testicules qu'elle se mit à presser contre sa vulve béante comme si elle avait voulu les y introduire.

Cette nouvelle caresse eut pour effet de déclencher, chez Sarrazin, un orgasme torrentiel.

Lorsqu'il eut achevé de se déverser dans les reins de Francine, il releva le nez. Sautillant sur le capot de la BX, un minuscule bouvreuil à la gorge rose les regardait de son œil rond et noir.

Ils passèrent deux heures, sur la plage des Dunes, à fouiller l'endroit où Francine était susceptible d'avoir perdu sa montre. Le sable était brûlant et la plage bondée et piquetée, à perte de vue, par les demi-sphères multicolores des parasols.

— Une Cartier en or avec des minuscules diamants incrustés ! Si c'est pas malheureux ! gémit l'épouse d'Alexandre Sontag.

Trempé de sueur, les mèches de ses cheveux noirs collées sur le front, Sarrazin était d'avis que c'était plus dangereux que malheureux, mais il s'abstint de le faire remarquer à Francine ; elle ne semblait toujours pas avoir mesuré l'ampleur de la catastrophe.

Comme il avait constaté que cela lui arrivait souvent, elle parut soudain avoir complètement oublié le problème pour lequel ils étaient venus ici.

— J'ai envie de me baigner, annonça-t-elle. Tu viens ?

Il secoua la tête.

— Non mais vas-y, si ça te fait plaisir.

— Tant pis pour toi !

Et hop ! De nouveau le chemisier imitation reptile alla voler dans les airs. Elle n'avait pas emporté de maillot, mais quelle importance ? Son minuscule short noir ferait très bien l'affaire.

Il regarda ses fesses dansantes s'éloigner vers les premières vagues et alluma une cigarette.

Rongé par le souvenir d'un détail auquel il n'avait pas repensé depuis l'autre nuit : ce bruit mystérieux, ce craquement qu'il avait entendu, sur la plage des Dunes, pendant que Francine et lui faisaient l'amour à la belle étoile, comme si quelqu'un s'était embusqué là pour les observer.

Un simple voyeur ? Un passant accidentel ?

Ou personne ?

Qu'était devenue la montre de Francine ?

Enfouie dans le sable ? Perdue à jamais ? Ou ramassée par l'inconnu qui les guettait, la nuit où lui, Jean-Paul Sarrazin avait succombé à la tentation ?

Il se leva et alla examiner le bois de chênes verts et de résineux qui bordaient la plage.

Il revint s'asseoir cinq minutes après.

A part les habituels papiers gras, canettes de bière et autres bouteilles d'Evian, rien.

Rien qui pût le mettre sur la moindre piste en tout cas.

Il alluma une seconde cigarette. Etonné par son propre calme.

CHAPITRE VII

Boris Corentin achevait de ranger ses affaires dans la penderie de sa chambre, lorsqu'on frappa à la porte.

— C'est comment chez toi ? interrogea Brichot en glissant le nez dans l'entrebâillement.

Boris haussa les épaules.

— Moderne. Et chez toi ?

— Pareil.

Comme le leur avait dit le commissaire Derain, *Le Matago,* au Cap d'Agde, rue du Trésor-Royal, c'était ce qu'on faisait de mieux. Pas un palace, mais enfin c'était confortable et les chambres étaient fraîches et bien aménagées. Boris, qui sortait de sous la douche, avait enfilé un peignoir blanc. Aimé, lui, avait essayé de se mettre dans l'ambiance en se sapant couleur locale. Chemisette à fleurs et short à impressions style lagon polynésien. Comme vacancier d'opérette séjournant sur la côte Languedoc-Roussillon, il était parfait. Comme flic en pleine enquête sur la mort bizarre d'un collègue peut-être pourri jusqu'aux os, c'était autre chose.

— Dis donc, murmura Aimé, j'ai l'impression qu'ils sont tombés dans le béton par ici, non ?

Il était allé s'accouder au bastingage de la minuscule terrasse sur laquelle débouchait la chambre de Boris. A part le bleu lumineux de la mer, là-bas, entre les toits de bâtiments modernes innombrables, on pouvait difficilement parler de panorama pittoresque. Partout du béton, rien que du béton, encore du béton. Des HLM de vacances à perte de vue. Et tous recouverts de ce ridicule badigeon ocré tirant sur le rose qui devait faire tellement provençal ou méridional dans l'esprit des promoteurs de la station, alors que les façades traditionnelles de la région Languedoc-Roussillon sont en général blanches, ou blanc cassé. Mais qu'est-ce qui aurait pu décourager les hordes de touristes venus des quatre coins de l'Europe à la recherche du soleil ? Le Cap d'Agde tenait en deux chiffres : treize mille habitants l'hiver, deux cent mille l'été. Le reste, c'était de la littérature.

Brichot soupira.

— Tu sais ce que j'ai lu dans le *Guide Bleu?* interrogea-t-il. Que la construction de la station touristique du Cap d'Agde avait été décidée, dans les années 60, « dans un esprit de respect du site ». Ben dis donc ! Qu'est-ce que ce serait si on n'avait pas respecté le site !

Heureusement, Derain avait bien fait les choses. Les chambres d'Aimé et de Boris se trouvaient au dernier étage de l'hôtel, on planait un peu au-dessus des constructions modernes, le regard n'était pas trop blessé par les prouesses architecturales des années 60, l'œil pouvait aller d'un point à l'autre du paysage sans les voir, et s'attarder pour finir aux bateaux, là-bas, dans le port, en arrière des promontoires rocheux du Cap et du Môle.

La sonnerie du téléphone, dans la chambre de Boris,

leur fit oublier les chefs-d'œuvre architecturaux des aménageurs du territoire.

C'était la réception qui les informait que l'inspecteur Mervaud les attendait près de la piscine.

— Le temps de m'habiller, jeta Boris en s'engouffrant dans la salle de bains, et on descend.

Pantalon de toile bleu ciel, polo noir, la haute silhouette musclée de Boris Corentin s'encadra dans le porche de l'hôtel, du côté où celui-ci débouchait sur la piscine.

— Tu le vois, toi, Mervaud ? fit-il en regardant son coéquipier.

Brichot se mordit pensivement les moustaches.

— Non. Et toi ?

La piscine, entourée de son « mobilier » habituel — plongeoirs, parasols, chaises longues, matelas — était parfaitement déserte. A part cinq ou six enfants qui s'amusaient à se pousser et à dégringoler dans l'eau avec de grands cris. Et une brune superbe en bikini noir qui crawlait avec des gestes souples et larges de nageuse olympique.

— Qu'est-ce que ça veut dire ? grogna Corentin.

Les yeux d'Aimé papillotèrent derrière les verres de ses lunettes Amor.

— Ça veut dire que Derain, avec ses airs endormis de policier à six mois de la retraite, ne manque pas d'un certain sens psychologique...

— Ah bon ? Et pourquoi ?

— Parce qu'il a deviné que tu ne serais pas insensible aux charmes de l'inspecteur Mervaud...

Il eut un léger mouvement du menton en direction de la piscine.

— Qui n'est autre qu'une inspectrice, ajouta-t-il avec un léger sourire sous sa moustache blonde coupée en brosse.

— Excusez-moi, murmura Murielle Mervaud. Je sais bien que ça ne se fait pas pendant le service, mais il faisait si chaud et l'eau était si bleue que je n'ai pas su résister.

— Ne vous excusez pas, sourit Corentin. Je crève d'envie d'en faire autant.

Ils étaient allés se réfugier autour d'une table, sous un grand parasol bleu pétrole. Partout ailleurs, le soleil envoyait de grands coups de poignard. Le ciel, presque blanc aux approches de midi, tremblait et flambait.

— C'est important, pour nous, votre présence, reprit l'inspecteur Mervaud en secouant ses courts cheveux bruns qui ruisselaient. Bien entendu, on va continuer l'enquête officielle. Pour tout le monde, Jumel était un policier modèle, mari et père de famille exemplaire, et il a été renversé par un chauffard. Mais moi qui le connaissais, je peux vous dire que ce genre de truc lui pendait au nez. Et depuis longtemps.

Boris plongea ses yeux dans ceux, vert-gris, de la jeune femme. Elle ne s'était pas rhabillée. De minuscules gouttes d'eau roulèrent doucement sur ses épaules, ses avant-bras, ses hanches.

— Si vous nous expliquiez un peu ? interrogea-t-il.

Elle haussa les épaules.

— Oh, rien de précis, vous pensez. Jumel était trop habile pour laisser traîner des preuves. Mais enfin, il y a quand même eu tous ces incidents. Ces plaintes, par exemple, dont on a dû vous parler. Ces filles interpellées qu'il faisait déshabiller sous prétexte de prendre des photos d'identité. D'accord, elles se sont rétractées, mais je mettrais ma main au feu qu'il a fait pression sur elles. Il les a menacées, c'est évident.

« Et puis, il y a autre chose. Des confidences, des vantardises. Pour essayer de m'épater, comme j'étais fraîche émoulue de l'école de police et que c'était ma première affectation, il s'amusait à me raconter des trucs. Qu'il lui était arrivé, par exemple, de convoyer des prostituées jusqu'à Barcelone pour le compte de souteneurs. Que c'était idiot, quand on saisissait des marchandises volées, genre matériel hi-fi ou bijoux de famille, de les laisser pourrir sous scellés. Que dans ces conditions personne n'en profitait. Qu'il avait aussi plusieurs prostituées sous sa protection moyennant, bien sûr, un pourcentage sur leurs gains. Qu'il lui arrivait de garder sur lui des cartes bleues volées par des malfrats, et de s'offrir la dolce vita grâce à elles pendant plusieurs semaines de suite... Enfin toute la panoplie du parfait ripou, comme vous voyez.

Elle se leva et, pour se sécher plus vite, alla s'asseoir dans l'herbe, à un mètre d'eux, en plein soleil. Boris eut énormément de mal à s'arracher les yeux du minuscule triangle noir de son slip qui semblait n'être là que pour vous donner une envie frénétique de violer le Code pénal.

— Quand j'ai su que vous veniez, fit-elle en se renversant en arrière pour s'appuyer sur les avant-bras, j'ai essayé de me souvenir de ce qui pourrait vous être utile. Je n'ai pas trouvé grand-chose parce que Jumel, en fin de compte, était très malin. Il se vantait énormément, c'est vrai, mais il ne donnait jamais de noms, jamais de détails, jamais de précisions. A la limite, on aurait pu aussi bien croire qu'il était un parfait mythomane. Quoi qu'il en soit...

Elle suivit des yeux une goutte d'eau qui roulait, scintillante, depuis le sillon entre ses seins jusqu'au pli de son ventre.

— Quoi qu'il en soit, reprit-elle, il m'a dit une phrase, un jour, qui pourra peut-être vous intéresser. Je ne pourrais plus en restituer les termes exacts, mais c'était quelque chose du genre : « Il y a certaines boîtes de nuit, dans le coin, qui sont de vrais bordels. Si on ne les a pas encore fermées pour atteinte aux bonnes mœurs, c'est grâce à moi... Personne n'a jamais pu y établir un flagrant délit parce que je les préviens à temps. » Voilà.

— Intéressant, apprécia Boris.

— Mais vague, hélas, corrigea Murielle Mervaud. Vous savez combien il y a de discothèques dans la région ?

— Un certain nombre, j'imagine, murmura Boris.

— Encore plus que ça.

— Il doit être possible de vérifier le nombre de flags qui ont échoué, récemment, dans les discothèques de Cap d'Agde.

Murielle Mervaud sursauta comme si une mouche l'avait piquée.

— Pour qui me prenez-vous ? J'ai vérifié, bien entendu. Il n'y en a eu qu'une. Aux *Follies*. La nuit où les inspecteurs se sont présentés, pas la moindre trace d'orgie, pas le plus petit accouplement, pas la moindre caresse équivoque. Rien que des couples très collets montés qui dansaient chastement. Si mes collègues ont vu un homme et une femme en train de s'embrasser, c'est tout le bout du monde...

Murielle Mervaud se renversa sur une hanche.

— Attendez, fit-elle. Ce n'est pas tout, il y a encore autre chose, mais c'est également très vague. D'après la rumeur, Jumel « protégeait » une fille, une certaine Mélina qui se prostitue, en temps ordinaires, à Sète.

— Vous avez son adresse ?

— Non, mais si mes informations sont bonnes, elle se trouve en ce moment ici, au Cap d'Agde. Elle essaye de se recycler, si on peut dire... Enfin, elle « travaille », elle danse toutes les nuits dans les boîtes de la station. Je crois même qu'elle passe aux *Follies*, entre autres...

Murielle Mervaud sourit.

— Ça doit être assez gratiné. Il s'agit, je cite textuellement, d'un « Duo Lesbos »... Un numéro à deux évidemment !

Elle suivit des yeux, dans le ciel, un minuscule avion qui passait au-dessus du Cap d'Agde, traînant derrière lui une longue banderole annonçant des soldes monstres dans un supermarché du coin.

— Pauvre Jumel, soupira-t-elle, je savais que ça tournerait mal. Et, en un sens, ça vaut mieux pour lui qu'il soit mort... Tôt ou tard, il y aurait eu une enquête. De toute façon l'avenir, pour lui, était sombre, même s'il était assez dingue pour ne pas s'en rendre compte...

Elle regarda tour à tour Boris puis Aimé.

— Cela dit, je suis à votre entière disposition. Vos désirs sont des ordres, ajouta-t-elle avec un superbe sourire à peine ironique.

« Ben voyons » songea Brichot à qui rien n'avait échappé, pendant ce dialogue, d'une autre « conversation » infiniment plus silencieuse, qui s'était déroulée par en dessous, de regard à regard, entre Boris et Murielle Mervaud.

— Je crois que notre première visite sera pour la veuve de Jumel, murmura Boris. Vous pourriez nous conduire chez elle ?

L'inspectrice du Cap d'Agde s'arracha à la pelouse d'un coup de reins.

— Bien entendu. Le temps de me changer, dit-elle, et je suis à vous.

Tous deux suivirent pensivement du regard la paire de fesses féminines musclées qui s'éloignait.

— Pourquoi la veuve de Jumel ? interrogea Brichot.

— Par acquis de conscience, Mémé. Pour dire qu'on a essayé, bien que je sois sûr que ça ne donnera rien. Ou je me trompe fort, ou le regretté Jumel appartenait à la catégorie des types qui auraient préféré crever plutôt que de mettre leurs épouses au courant de leurs affaires.

CHAPITRE VIII

Au même instant, à *La Cardabèle,* le couinement du téléphone déchirait le silence, dans le grand vestibule tout carrelé de blanc de la propriété. Alexandre Sontag s'extraya de sa chaise en soufflant comme un phoque.

— Qu'est-ce qu'il y a encore ? grogna-t-il. Bon sang, on ne peut plus être tranquille, alors ?

Francine haussa les épaules en souriant. Depuis près de huit jours, il n'y avait pas eu un seul coup de fil à *La Cardabèle.* On ne pouvait quand même pas dire « qu'on ne les laissait pas tranquilles » !

Ils étaient tous trois assis dans la salle à manger, une vaste pièce nue avec un seul tableau au mur, une grande arabesque noire d'un peintre moderne, un abstrait américain, qui avait coûté une fortune. Sur la nappe traînaient les restes d'une bourride de Sète, l'un des chefs-d'œuvre de Marthe, une baudroie mijotée sur un lit de légumes, absolument délicieuse.

Profitant de l'absence de son mari, Francine avait glissé son pied nu, sous la table, entre les jambes de Sarrazin assis à sa droite. Celui-ci, gêné, essaya de se dégager. Détournant la tête, il dirigea son regard, à travers la porte-fenêtre grande ouverte sur le parc, vers le bleu lumineux de la piscine miroitante au milieu d'une trouée d'arbres comme une promesse de bonheur impossible.

La réapparition de Sontag le fit sursauter.

— C'est pour vous, annonça-t-il.

Qui est-ce qui pouvait bien l'appeler ? Il n'avait laissé son adresse à *La Cardabèle* à pratiquement personne. Les traits crispés, il dérapa en direction du vestibule et empoigna le combiné.

— Monsieur Sarrazin ?

Une voix étrangère. Ou volontairement déformée ? Homme ? Femme ? Impossible de répondre à cette question.

— Vous avez passé une bonne soirée, l'autre jour ?

Le visage de Sarrazin commença à se décomposer.

— Quand on s'aime on oublie tout, n'est-ce pas ? reprit la voix. Même l'heure, même sa montre...

Comme dans les cauchemars où on voudrait crier mais où on ne peut pas, Sarrazin essaya d'articuler quelque chose. Après de multiples efforts, il ne parvint qu'à dire :

— Qui... Qui êtes-vous ?

— Quelqu'un de précieux, monsieur Sarrazin. Vous pouvez rassurer votre belle amie : j'ai trouvé sa montre.

— Ecoutez, haleta Sarrazin. Je ne...

— A bientôt, monsieur Sarrazin.

Il y eut un déclic. Puis le tintement précipité de la tonalité électronique.

On avait raccroché.

Sarrazin dut faire un effort surhumain pour retrouver ses esprits. Son front, ses aisselles, son dos dégoulinaient de sueur. Il tituba en direction de la salle à manger.

— Rien de grave, j'espère ? l'accueillit Sontag qui, le plateau de fromages à sa gauche, se servait généreusement.

— Non, fit Sarrazin d'une voix hachée. Tout va très bien...

— Venez vite vous rasseoir. Ces pelardons (1) sont une merveille, vous m'en direz des nouvelles.

— Merci. Je...

Il dut s'appuyer au dossier d'une chaise pour ne pas s'écrouler. Il était vert, et il se demandait s'il n'allait pas vomir là, devant eux.

— Il y a aussi du bleu des Causses, de l'aligot, de la flône au lait de brebis, reprit Sontag qui, à chaque fois, frappait du bout de son couteau le fromage susnommé.

— Je vais aller faire un tour, reprit Sarrazin en pivotant péniblement sur lui-même, j'ai besoin d'air. Je crois que j'ai trop bu...

— Je l'ai toujours dit, murmura Sontag en observant Sarrazin qui s'éloignait en direction de la porte-fenêtre, la blanquette de Limoux est traître, il ne faut pas en abuser...

Sous le feu du ciel, Sarrazin essayait désespérément de remettre son cerveau en marche. Impossible. D'un pas de somnambule, il s'éloigna de la vieille maison au crépi doré avec ses balcons de fer forgé romantiques et ses persiennes blanches. Il sortit du parc par une des brèches du vieux mur de pierres qui clôturait la propriété. Au-delà, les terres appartenaient encore à Sontag, mais c'étaient des coteaux couverts de vignes. Elles ne donnaient certes pas de grands crus, mais

(1) Petits fromages de chèvre des Cévennes.

Sontag les conservait pour le plaisir et pour l'orgueil de boire son propre vin. Comme autrefois...

La tête en feu, les chevilles écorchées par les ceps contre lesquels il trébuchait, Sarrazin marchait au hasard, et les derniers mots de son correspondant anonyme, au bout du fil, résonnaient dans sa tête :

« Vous pouvez rassurer votre belle amie, j'ai trouvé sa montre... »

Brusquement, il pressa ses paumes contre ses tempes, comme s'il voulait empêcher son cerveau de fuir de son crâne, ou comme s'il essayait de ne pas devenir fou. Le cauchemar n'arrêtait pas de s'épaissir. Il y avait eu sa trahison, d'abord, cette passion sauvage pour Francine à laquelle il avait succombé. Puis l'accident et la mort de ce flic écrasé par sa propre voiture...

Et maintenant, ce coup de téléphone épouvantable, terrifiant.

A présent, il en était sûr. La nuit où ils avaient fait l'amour sur la plage des Dunes, quelqu'un les observait.

Quelqu'un que la fatalité avait mis sur leur chemin et qui les avait identifiés. Quelqu'un qui, sans doute, avait fait le rapprochement, plus tard, entre la mort du policier sur la route et ce couple en train de s'envoyer en l'air en pleine nuit. Et qui était en train d'amorcer, dans les formes les plus classiques, ce qu'il était impossible d'appeler autrement qu'un chantage.

Sarrazin fronça les sourcils. Il lui restait assez de lucidité pour savoir que, qui dit chantage dit fric. Or, du fric, il n'en avait pas. De quoi vivre confortablement, d'accord, mais pas assez pour satisfaire un maître chanteur, loin de là.

Il se pencha machinalement vers les vignes. De grosses grappes de raisin noir chauffaient doucement sous le soleil de plomb. Il en arracha une et se mit à l'égrener, toujours harcelé par la même question obsédante.

Quelqu'un les avait observés, la nuit où ils faisaient l'amour sur la plage des Dunes. Mais qui ?

Un type du coin, peut-être, qui les connaissait. Mais il n'y avait guère de chance que ce soit lui, Sarrazin, qu'on ait reconnu. Ça ne pouvait donc être qu'elle qu'on avait identifiée. Francine Sontag, la jeune épouse d'une star de la télé, en train de se faire chevaucher allégrement par un inconnu à la belle étoile...

Ensuite, le voyeur avait ramassé la montre de Francine. Et à présent, il amorçait son chantage en douceur.

Dans quel but ? Pour soutirer du fric à qui ?

Les gros grains de raisin noir explosaient l'un après l'autre sous ses dents. Leur jus sucré giclait dans sa gorge, mais il en aurait fallu beaucoup plus pour qu'il se calme.

Il releva les yeux. Autour de lui, la campagne vallonnée déployait sa splendeur paisible, à mille et mille lieues de la « civilisation », c'est-à-dire des horreurs vacancières du littoral où on s'écrasait, à l'instant même, dans des mélanges d'odeurs de merguez, d'embouteillages, de puanteurs d'hydrocarbures, de transistors déchaînés et d'enfants en pleurs traînés vers les plages par des mères à bout de nerfs et rongées de coups de soleil.

Ici, c'était le paradis. Le vrai. Ici, les vignes roulaient jusqu'à l'horizon leur feuillage d'un vert dense et lourd, moutonnant le long des collines aux courbes pleines de grâce. Ici, même le soleil de plomb semblait plus léger, et le bourdonnement perpétuel des cigales ou des guêpes moins obsédant.

Le paradis, oui.

Brusquement, il s'immobilisa, les yeux fous.

Francine et lui avaient fait, en somme, la même chose qu'Adam et Eve au Jardin d'Eden.

Ils avaient désobéi à Dieu. Transgressé ses commandements. Trahi sa confiance.

Et Dieu, le Dieu vengeur et furieux de l'Ancien Testament, c'était l'énorme et tout-puissant Sontag qui en tenait le rôle dans leur histoire.

Celui-ci ignorait encore que, comme le Créateur de la Bible, il avait été trahi. Mais quand il le saurait, sa vengeance serait atroce.

Hagard, le front et les joues couleur de craie, Sarrazin haletait comme s'il avait couru.

Il allait connaître, lui aussi, l'expulsion du Paradis. La punition allait être terrible.

***

Au même moment sur une petite route en contrebas, à moins de deux kilomètres, le scénariste, sans le savoir, était l'objet de l'observation la plus intense et la plus minutieuse.

Dans le double cercle grossissant d'une paire de jumelles, sa silhouette tremblait, rendue indécise par la brume de chaleur qui flottait sur les collines.

Conrad Gimbelhof avait préféré rester au frais dans la voiture, une Opel Kadett GSI équipée de la climatisation. Il avait exigé la climatisation en précisant que c'était une condition *sine qua non*. Sinon, on pouvait être sûr que leur commanditaire n'y aurait même pas pensé...

— On y va ? fit-il en abaissant de quelques centimètres la vitre, côté chauffeur.

Bettina Singen laissa retomber les jumelles.

— Il a l'air à point, murmura-t-elle.

Elle contourna la voiture pour se réinstaller côté passager. Elle s'était sapée en petite fille des années 60, genre Bardot de la grande époque à Saint-Tropez. Chemisier en vichy rose, pantalon corsaire rouge et ballerines du même métal. Lui était en short à fleurs style bermuda, chemisette manches courtes jaune canari et foulard autour du cou. On pouvait dire qu'ils avaient soigné leur look aux petits oignons. Le style touristes ploucs. Conrad en avait même rajouté en se coiffant d'une casquette atroce à longue visière de plastique bleu qui lui faisait, lorsqu'il était dans le soleil, une drôle d'ombre ovale sur le visage.

Il regarda Bettina qui allumait une cigarette.

— Tu fumes trop, dit-il en allemand.

— Fous-moi la paix, répondit-elle dans la même langue.

Il y avait des tas de gens qui, grâce à eux, avaient été soulagés de la peine de vivre, depuis une vingtaine d'années, et souvent leurs victimes avaient agonisé dans des conditions atroces. Mais s'il existait bien quelque chose qui les préoccupait, tous les deux, c'était leur petite santé. Ils avaient contracté cette espèce de vice aux Etats-Unis. Ils se bourraient de vitamines, ils surveillaient leur cholestérol, et ils ne buvaient jamais une goutte d'alcool. Ils faisaient du jogging, aussi, à chaque fois qu'ils avaient le temps. Et les trous dans la couche d'ozone les révoltaient, ainsi que le massacre de la forêt amazonienne. Bref, ils faisaient partie d'une catégorie toute nouvelle de tueurs, non encore cotée à l'Argus : les tueurs écolos. Tout se modernise, même les monstres. Gimbelhof et Singen se sentaient responsables de l'avenir de la Planète.

Conrad avait cessé de fumer depuis des années, mais Bettina était toujours aussi accro, pas moyen de la décramponner de ses Stuyvesant. Elle avait essayé plusieurs fois, mais elle était toujours retombée dans sa drogue. C'était un sempiternel sujet de conflit entre eux, cette sale habitude qu'elle avait de lui polluer son espace vital. Même au lit, le soir, il fallait encore qu'elle fume, malgré les scènes qu'il lui faisait.

Il tourna la clé de contact.

— Ta perruque est de travers, dit-il encore.

C'était la seule chose qu'elle avait modifiée dans son apparence : ses cheveux d'un blond étincelant la faisaient trop remarquer à son goût, les gens se souvenaient facilement de ce détail. Elle avait donc acheté une perruque brune qui lui donnait un air dur que Conrad ne lui connaissait qu'en certaines occasions précises : lorsqu'ils étaient sur le point d'exécuter un contrat. D'habitude, seuls ses yeux, d'un bleu étrangement translucide, la trahissaient. Des yeux extraordinaires, dans certaines circonstances. Vides et fixes. Neutres et glacés, et qui vous faisaient frissonner quand ils se posaient sur vous sans la moindre aménité.

— Cette saloperie de perruque me tient horriblement chaud, fit-elle en la rajustant, face à son reflet dans le minuscule miroir rectangulaire du pare-soleil, devant elle. Alors ? On y va ?

Elle avait hâte que cet intermède soit terminé. Leur job c'était de tuer, pas de faire du guignol. Et ce qu'ils allaient faire, dans quelques instants, c'était du guignol, et rien d'autre.

CHAPITRE IX

Sarrazin, perdu dans ses pensées, avait à peine remarqué l'Opel Kadett GSI grise qui se rapprochait, par une route en lacet serpentant entre les collines couvertes de vignes.

Il ne fit guère plus attention au couple qui en sortait, deux vacanciers de carnaval complètement grotesques qui se dirigèrent vers le champ où il se trouvait et commencèrent, appareil photo en main, à se mitrailler mutuellement.

Le manège dura quelques minutes, puis ils parurent en avoir assez. Ils se concertèrent. La fille avait l'air choquée par ce que disait le type. Il dut insister pour la convaincre. Elle aurait pu être pas mal, songea le scénariste, si elle n'avait pas été affublée d'une façon aussi ridicule. Longue et mince, trente-cinq ans à tout casser, un cul large et saillant dans un pantalon corsaire rouge très moulant, et un petit visage triangulaire, sous les cheveux bruns, avec une bouche minuscule et un menton curieusement pointu de poupée. De là où il était, Sarrazin ne voyait pas ses yeux. Il ne pouvait pas discerner très bien non plus le visage de l'homme, sur lequel la visière de sa casquette plaquait une grande ombre bleue.

— Monsieur ! cria soudain la fille.

Sa voix résonna dans l'air torride et bourdonnant. Sarrazin vira vers elle.

— Oui ?

— Nous voulions vous demander...

Elle se rapprochait, trébuchant au milieu des vignes sur ses ballerines rouges.

— Mon mari et moi nous voudrions vous demander de nous prendre en photo...

Elle avait un fort accent étranger. Allemand, on aurait dit. Ou hollandais. Enfin, du nord de l'Europe. Sarrazin se rapprocha d'elle.

— Si ça peut vous faire plaisir...

La fille battit des mains.

— Oh, merci ! Vous êtes si gentil !...

Sarrazin haussa les épaules. La manifestation de gratitude était quelque peu exagérée, mais il attrapa de bonne grâce l'appareil photo que la jeune femme lui tendait.

Pendant les dix minutes qui suivirent, il prit une bonne vingtaine de clichés. Le couple se déplaçait, changeait de pose, choisissait minutieusement le décor. La tête ailleurs, l'œil rivé au viseur, Sarrazin attendait placidement qu'ils se soient décidés. Enfin, sur un signe, il pressait le déclencheur. Clic-clac, et on passait à la pose suivante.

Brusquement, il releva le nez. Qu'est-ce qui se passait, là-bas ?

La fille se cabrait, se tortillait, essayait de se dégager. En rigolant, son compagnon avait fait sauter plusieurs boutons de son chemisier de Vichy. Appuyé contre elle par-derrière, il glissait les mains dans son décolleté, l'agrandissait, pétrissait ses seins. La fille protesta en allemand, puis elle se mit à gémir en français.

— Arrête, je t'en prie ! Nous allons choquer ce monsieur, il va regretter d'avoir été si gentil avec nous.

Elle regarda Sarrazin tandis que, paumes glissées sous ses seins, l'autre les faisait jaillir du corsage, pointes dardées en avant.

— N'est-ce pas, monsieur, que vous êtes choqué ?

Le scénariste haussa les épaules.

— Pas vraiment, s'efforça-t-il de sourire.

— Tu vois ! glapit l'Allemand. Monsieur a l'esprit plus large que toi. *Ach!* Les Français ! Toujours la bagatelle, hein !

Sarrazin s'était revissé l'œil au viseur, il prit une photo du couple avec la fille les seins à l'air, pointes bien dirigées en avant.

Il releva la tête au moment où le type, toujours derrière sa compagne, s'attaquait au pantalon.

Même manège, mêmes protestations de la jeune femme, mêmes tortillements de croupe, même invocation de la pudeur-du-monsieur-si-gentil-qui-voulait-bien-les-prendre-en-photo.

Mais l'autre ne l'écoutait pas. Le pantalon était si étroit qu'en glissant sur les hanches larges de la jeune femme, il entraîna son minuscule slip noir par la même occasion.

Sarrazin se sentit tiraillé sous son propre pantalon.

Une superbe forêt triangulaire venait d'apparaître, s'étendant en pointes vers les aines. Et curieusement plus claire que les cheveux de la jeune femme.

— Penche-toi en avant, ordonna l'Allemand.

— Non, non, s'il te plaît, arrête, chevrota sa compagne.

Elle résista encore quelques instants et puis, comme

l'autre fois, il eut gain de cause. Elle se courba lentement, comme craintivement et s'appuya des deux mains à ses genoux pour ne pas perdre l'équilibre, jambes écartées afin de rester stable.

— Elle est belle ma femme, hein ? rigola l'Allemand.

La gorge sèche, les yeux ronds et fixes, suffoqué par la situation, Sarrazin ne répondit pas.

— Vous voulez bien nous prendre en photo comme ça ? demanda le type.

Sarrazin dut faire un gros effort sur lui-même pour replacer le viseur contre son orbite. Partagé entre deux envies : celle de balancer l'appareil et de dire à ces deux dégueulasses d'aller se faire voir ailleurs, et celle de se précipiter sur la fille pour la travailler à grands coups de reins, au fond des fesses, jusqu'à ce qu'explosion s'ensuive.

Mais il ne réalisa aucun de ces deux projets. Pétrifié par la surprise, sidéré, il fit docilement ce qu'on lui demandait de faire : il prit des photos.

Intrigué tout de même par le fait que l'Allemand, après avoir mis sa femme à moitié à poil, après l'avoir déculottée, ne la possédait même pas.

Non, il allait et venait en elle, mais à l'aide de sa main, enfoncée presque jusqu'au poignet, se ruant des cinq doigts au fond de son ventre en un étrange et silencieux accouplement.

Et le plus stupéfiant encore, c'est que la fille vibrait comme s'il l'avait réellement possédée.

Il continua cinq minutes à les mitrailler.

Rassuré, au fond, d'avoir trouvé plus dingues que lui.

L'Allemand avait complètement abaissé la vitre de

l'Opel Kadett GSI, et il se confondait en remerciements. L'air frais de l'intérieur de la voiture, dû à la climatisation, venait caresser agréablement le visage de Sarrazin.

— J'espère que vous n'avez pas été trop choqué, dit encore aimablement le touriste d'Outre-Rhin. Mais c'est les vacances, alors on fait un peu n'importe quoi, n'est-ce pas ? Mais nous ne sommes pas toujours comme ça, vous savez !

— Moi non plus, fit Sarrazin qui se comprenait.

Le moteur de l'Opel Kadett rugit. L'Allemand embraya la première.

Avant de démarrer, il tendit le bras par la fenêtre.

— Cadeau, dit-il.

Sarrazin se retrouva avec un truc entre les mains qu'il regarda d'abord vaguement. Puis avec beaucoup plus d'attention.

Une photo, encore une photo.

Mais une Polaroïd.

Et qui représentait une montre. Une montre Cartier. Avec des petits diamants incrustés. La montre perdue par Francine sur la plage des Dunes.

Comme une heure avant, dans la salle à manger des Sontag, Sarrazin faillit vomir.

Il entendit à peine ce que lui lançait l'Allemand par la portière de l'Opel en train de s'éloigner.

— A bientôt !

Bettina venait de se débarrasser de sa perruque. Ses longs cheveux blonds apparurent. D'un mouvement rapide de la nuque, elle secoua sa chevelure qui retrouva ses ondulations naturelles.

— Ça ne s'est pas mal passé, fit Conrad en allemand.

Ils avaient fait exactement ce que le client leur avait demandé. « Action psychologique et démoralisation de l'adversaire... » Ils trouvaient ça idiot. La seule véritable action psychologique, dans leur esprit, c'était quand quelqu'un se retrouvait avec le canon d'un Colt 45 pointé entre les deux yeux.

Mais enfin, ils avaient un client spécial. Un raffiné dans son genre, lui aussi. Et qui avait ses raisons d'agir ainsi. Ils ne discutaient pas. Du moment qu'on les payait, ils ne posaient jamais de questions.

N'empêche qu'ils se sentaient frustrés. Leur spécialité c'était tueurs. Pas maîtres chanteurs.

Surtout qu'il n'y avait que la mort des autres, le spectacle du sang, de l'agonie de leurs victimes, qui pouvaient encore exciter Conrad. Sinon, son machin restait flasque. Nul. Obstinément mou. Et Bettina, par conséquent, se mettait elle aussi la ceinture.

C'était comme ça depuis des années. Leur premier orgasme simultané, ils l'avaient connu, ensemble, juste après avoir tué leur première victime, une prostituée récalcitrante dont Conrad avait ouvert la gorge, d'une oreille à l'autre, tandis que Bettina la tenait solidement par-derrière, et qui les avait inondés de son sang en lâchant le dernier soupir.

Ça avait été un véritable éblouissement, une volupté intense dont ils gardaient le souvenir émerveillé, comme pour le drogué son premier flash d'héroïne. Depuis, le miracle s'était reproduit à chaque fois qu'ils tuaient.

Mais là, dans l'Opel Kadett, cet après-midi, ils étaient moroses. Cela faisait trop longtemps, maintenant, qu'ils n'avaient pas vu mourir une de leurs victimes. Trop longtemps aussi, par conséquent, qu'ils n'avaient pas joui.

CHAPITRE X

Il n'était même pas minuit, mais les yeux d'Aimé Brichot clignotaient comme des feux de détresse derrière ses lunettes Amor de myope léger.

— J'ai l'impression que le marchand de sable est passé, Mémé, constata Boris. On va te ramener à l'hôtel et au dodo !

Brichot avança par-dessus la table où traînaient trois tasses de café vides son visage de Pierrot lunaire que vernissait un coup de soleil attrapé en milieu d'après-midi, sur la plage, après leur visite à la veuve de Frédéric Jumel.

Ils venaient juste de terminer de dîner dans un petit restaurant de Marseillan, au bord de l'étang de Thau.

— Quel marchand de sable ? interrogea-t-il d'une voix sans timbre.

Les yeux de Boris se plissèrent dans un sourire.

— Tu vois bien qu'il faut que tu ailles te coucher, murmura-t-il, tu ne te souviens même plus de ton vieux copain Morphée...

— Mor quoi ?

— Bon, décida Boris. On paye et on s'en va.

Murielle Mervaud, assise en face de Corentin, releva

du bout de l'index une mèche de cheveux qui lui retombait obstinément sur le front.

— Il n'a pas la permission de minuit ? interrogea-t-elle en montrant Aimé.

— La journée a été dure et il est encore bien jeune, fit Boris sur le même ton.

— Vous avez promis à ses parents de vous occuper de lui ? demanda Murielle en tortillant sa mèche brune.

— Comme une mère, acquiesça Boris.

Brichot secoua la tête.

— C'est ça, foutez-vous de moi, soupira-t-il.

Boris avança la main droite et la posa sur l'épaule de son coéquipier.

— Vieux frère, murmura-t-il, tu sais très bien que si tu veux venir avec nous, on en sera ravis.

Brichot décrocha les lunettes de son nez pour les essuyer avec sa serviette.

— Oh, dit-il d'un ton mi-figue mi-raisin, je m'en garderai bien. Pour une fois que tu as trouvé une jeune femme ravissante qui consent à sortir avec toi...

Il se tourna vers Murielle.

— C'est vrai ça, reprit-il, c'est tellement rare de le voir faire une conquête que je serais gêné de marcher sur ses brisées...

Murielle Mervaud eut un rire léger qui secoua sa poitrine, sous le body noir qui lui découvrait l'épaule droite. Ce n'était pas la première fois que Boris et Aimé louchaient sur ce qui gonflait généreusement l'étoffe du body, deux masses rondes et souples qu'on devinait sous le tissu que tendaient parfois deux pointes dures et longues. En bas, Murielle portait une jupe courte en cuir noir qui soulignait ses cuisses fermes et musclées.

— Qui vous a dit qu'il a fait une conquête ? sourit-elle.

Les sourcils de Brichot se mirent en accents circonflexes.

— L'expérience, murmura-t-il. J'ai rarement vu les femmes préférer les petits chauves maigres aux grands bruns musclés...

— Qui vous dit que je ne suis pas l'exception qui confirme la règle ? interrogea Murielle d'une voix émue.

Boris le regardait en souriant.

— Pas mal ton numéro de minable, murmura-t-il. C'est à vous tirer des larmes.

Brichot hocha la tête.

— Eh oui ! J'aurais sûrement pu faire une belle carrière dans le mélo.

De l'index, il releva ses lunettes sur l'arête osseuse de son nez.

— Cela dit, conclut-il, c'est vous qui avez raison. Le marchand de sable est passé. Et en plus, les boîtes où vous allez c'est pour couples seulement, non ? Alors...

Autour d'eux, le restaurant se vidait rapidement. Ils s'étaient promenés, avant le dîner, le long du bassin de Thau, un étang immense, une sorte de petite mer intérieure séparée de la Méditerranée par un cordon littoral très mince. Le bilan de la journée n'était pas brillant. Comme prévu, la veuve de Frédéric Jumel n'était au courant d'aucune des activités de son mari. C'était une petite femme effacée, ni laide, ni jolie, à laquelle on aurait pu donner n'importe quel âge entre trente et quarante-cinq ans et sur laquelle aucun homme n'avait jamais dû se retourner dans la rue. Aux grands cernes qui bleuissaient sous ses yeux, on pouvait deviner qu'elle avait beaucoup pleuré, depuis la mort de son époux. Elle était toute seule dans la vie, à présent, avec ses enfants, au milieu du décor luxueux de cette villa du Grau d'Agde, achetée par Jumel de façon plutôt suspecte, et où elle semblait perdue.

« Je sentais bien qu'il déraillait, avait-elle seulement dit. J'ai essayé de l'avertir, de l'empêcher d'aller trop loin. Mais il me rembarrait, il me disait de m'occuper de mes affaires, que les siennes ne me regardaient pas. Alors, que voulez-vous, je le laissais faire. Et je regardais venir la catastrophe... Sans pouvoir l'empêcher. »

***

Au même moment, Sarrazin luttait désespérément contre l'angoisse mêlée de honte qui tournait et retournait dans son ventre, comme un énorme crabe qui lui aurait grignoté les entrailles.

Il se sentait comme dans un état second. Sa personnalité semblait s'être dédoublée. D'un côté, il y avait le Sarrazin qui conduisait en douceur, qui pilotait la Citroën BX d'Alexandre Sontag à travers les petites routes sinueuses de l'arrière-pays languedocien. Et, de l'autre, il y avait le Sarrazin coupable. Bourrelé de remords et d'inquiétudes. Obsédé par l'image des deux « touristes » allemands qui lui avaient fait ce cadeau empoisonné : la photo de la montre Cartier perdue par Francine sur la plage des Dunes, l'autre nuit.

Cette fois, Sarrazin s'était senti sombrer dans la folie. Il était revenu à *La Cardabèle*. Affalé dans une chaise longue sous un parasol, au bord de la piscine, Sontag semblait parti pour une longue et paisible sieste. Sarrazin s'était rué dans la maison. Il avait grimpé au premier étage et avait frappé à la porte de la chambre de Francine.

La jeune femme était allongée sur son lit. Nue. Magnifique. La pièce était plongée dans la pénombre, mais la paire de fesses sublimes qu'elle exhibait, couchée à plat ventre, semblait capter toute la lumière qui filtrait derrière les stores.

Elle s'était retournée.

— Jean-Paul, s'était-elle écriée. J'étais justement en train de me dire que j'avais envie de toi dans mon ventre.

Sarrazin s'était avancé, le visage décomposé.

— Il s'agit bien de ça ! avait-il grincé.

Et il lui avait montré la photo.

Elle avait poussé un petit cri en reconnaissant sa montre. Comme une gosse exactement, avait songé Sarrazin atterré. Francine n'avait pas plus le sens des réalités qu'un enfant de cinq ans. Brusquement la tête lui avait tourné. Il s'était senti seul face au drame. Et dépassé par les événements. Complètement largué.

Il s'était laissé tomber sur le lit.

Dans la chambre, une guêpe, qui avait réussi à passer malgré les moustiquaires, bourdonnait comme une folle à la recherche de la sortie. De temps en temps, elle se cognait contre un mur avec un petit bruit sourd, et rebondissait en vol plané à travers l'espace.

— Arrête de te ronger, avait dit Francine. Tout ça c'est pas grave, ça finira par s'arranger. Viens. Tu n'as pas entendu ce que j'ai dit ? J'ai tellement envie que tu me prennes !

Elle s'était redressée sur le lit. Comprimées entre ses bras, les masses bronzées de ses seins lourds montaient et descendaient au rythme de sa respiration. Le scénariste dut faire un énorme effort sur lui-même pour détacher son regard des pointes roses qui dardaient vers lui.

— Tu es complètement cinglée, soupira-t-il. On a deux maîtres chanteurs aux fesses et toi... Toi... Tu ne...

Dans un roucoulement, elle lui avait attrapé la main. Il flottait dans la chambre une entêtante odeur de sueur féminine très légèrement fruitée. L'odeur de Francine...

— A propos de fesses, dit-elle de sa voix de petite fille. Tu sais ce que j'ai envie d'avoir entre les miennes ?...

Il aurait dû fuir, se révolter, l'engueuler. Mais elle lui emprisonnait la main droite et maintenant elle la dirigeait carrément vers l'intersection de ses cuisses, là où s'ouvrait, sous le buisson châtain de son pubis, la bouche rose de son ventre, brûlante comme un four. Elle l'avait forcé à la pénétrer, d'abord le bout des doigts, puis, plus loin, plus profond. Elle avait refermé les jambes sur son poignet, et se rejetant en arrière, visage en extase déformé par le plaisir, elle s'était laissée aller à une sorte de longue secousse électrique, comme si elle avait frôlé une prise à haute-tension.

Tempes en sueur, visage empourpré, elle l'avait regardé, ensuite, en souriant.

— Tu vois comme tout est simple, avait-elle dit. Le plaisir est plus fort que tout. Il fait tout oublier.

— Francine, avait balbutié Sarrazin, ton mari...

— Il ne monte jamais quand je fais ma sieste, avait-elle roucoulé. On est tranquilles. Si tu savais comme je crève d'envie de te sucer...

Il avait déjà pu le constater : quand Francine disait qu'elle avait envie de quelque chose, elle n'avait de cesse, ensuite, que ça se réalise. Vaincu, il l'avait regardée le déboutonner et rendre sa liberté à l'objet de son adoration.

Puis elle avait plongé, lèvres arrondies pour l'engloutir au fond de sa bouche.

Après, il avait encore essayé de lui reparler du chantage, de la montre, du couple d'Allemands de tout à l'heure. Elle avait haussé les épaules.

— Je ne vois pas qui nous pourrions intéresser, avait-elle dit. Je n'ai pas un sou et toi non plus. Tout l'argent c'est Sontag qui l'a, pas moi...

— Ils se sont peut-être renseignés. Tu as bien des bijoux, non ?

Nouveau haussement d'épaules.

— Ils ne valent sûrement pas assez cher pour justifier un chantage...

Il avait secoué la tête :

— Ecoute, je ne vois qu'une solution. Il faut que je dise tout à Alexandre, que je lui avoue ce qui s'est passé...

Elle avait eu un sursaut de tout le corps.

— Non !

— Pourquoi ? Puisque, de toute façon, un jour ou l'autre, il l'apprendra ?...

— Tu ne le connais pas ! Il me jetterait dehors, comme ça, toute nue, sans un sou !

Elle s'était renversée en arrière.

— Laisse-moi réfléchir jusqu'à ce soir, lui avait-elle demandé.

Réfléchir ! Malgré la situation, il avait failli éclater de rire, tant ce mot était comique dans la bouche de Francine.

— Je veux que tu m'emmènes en boîte cette nuit, avait-elle repris. Comme on sera seuls, on pourra reparler tranquillement de tout ça...

Il avait protesté, pas question de recommencer l'équipée de l'autre nuit. Il s'était mis en colère, il avait tempêté, il avait crié que jamais plus il ne l'emmènerait au Cap d'Agde, jamais, c'était fini.

Alors, elle s'était retournée sur le ventre et elle avait exhibé ses fesses dont elle écartait à deux mains le sillon, où les boucles châtain remontaient le long de son sexe et jusqu'à son sphincter brun et minuscule.

— Tu n'aimes plus ça ? avait-elle soufflé d'une voix étouffée. Réfléchis : si tu ne m'obéis pas, plus jamais tu ne pourras m'enculer. Plus jamais !

Il avait alors cessé de résister. Vaincu.

Et maintenant ils filaient en direction du Cap d'Agde, à travers les petites routes désertes de l'arrière-pays. La nuit était d'un noir profond. A un moment, Francine qui portait un tee-shirt blanc, s'en débarrassa brusquement en disant qu'elle avait trop chaud, et elle l'agita par la fenêtre ouverte sous prétexte de le rafraîchir.

Du coin de l'œil, Sarrazin observa les pointes roses de ses seins qui dardaient, longues comme deux mini-obus.

Sontag n'avait pas fait la moindre difficulté, tout à l'heure, à la fin du dîner, quand sa femme s'était pendue à son cou, et lui avait annoncé que, ce soir encore, elle avait envie de sortir en boîte.

— Tu as bien raison d'en profiter, Bébé, tu es jeune ! avait-il seulement dit en lui flattant la croupe.

Sarrazin avait dû faire un énorme effort sur lui-même pour lui demander pourquoi, cette fois, il ne les accompagnerait pas.

— J'ai horreur de tout ce bruit et cette musique,

avait répondu Sontag avec un bon sourire. Et puis vous savez, moi, passé dix heures du soir, je ne vaux plus rien, je serais un compagnon sinistre...

Sur le perron, il avait attrapé Sarrazin par le bras.

— Je trouve que vous avez vraiment une sale mine, lui avait-il dit, toujours aussi paternel. Vous devriez vous payer une fille, croyez-moi, ça vous détendrait.

Se payer une fille ! Une vague d'excitation fouetta le scénariste dont la main droite lâcha le volant et atterrit sur les cuisses de Francine. Brutalement, il lui releva sa jupe, et se mit à la fouiller entre les jambes, là où bien entendu, elle ne portait aucune culotte. Doigts tendus, il s'engagea dans son ventre, la forçant avec avidité.

Francine lâcha d'abord un petit couinement surpris, puis elle avança les fesses jusqu'au bord du siège pour mieux s'offrir, écartant les jambes le plus qu'elle pouvait.

Il n'avait même plus la force de se dire qu'il était fou. Qu'il vivait sur un volcan et qu'il ne pensait plus à rien d'autre qu'à cette créature magnifique et sans cervelle qui s'ouvrait le ventre à deux mains pour mieux s'offrir à lui.

Il ricana sombrement.

Lui aussi, il devenait dingue.

CHAPITRE XI

Boris Corentin ondoya du regard à travers la salle de la discothèque plongée dans la pénombre. Un disque de hard-rock gueulait dans les baffes, cravachant l'espace, le bombardement de ses obus sonores invisibles. A la limite du supportable.

Il se rapprocha de Murielle Mervaud, mais il dut quand même crier, bien qu'il fût tout près de son oreille, pour se faire entendre.

— On devrait peut-être danser, qu'est-ce que vous en pensez ? Sinon, on risque de se faire remarquer.

Elle l'examina un instant en souriant.

— Vous trouvez qu'on a l'air de deux flics ?

— Vous sûrement pas. Moi, je me demande...

Elle sourit à nouveau. Elle avala ce qui restait dans son verre, puis attrapa la main de Boris.

Ils se levèrent ensemble.

— Ce qu'on pourrait faire, proposa-t-elle, c'est cesser de se vouvoyer.

Il serra un peu plus fort la main de Murielle.

— J'allais te le proposer, dit-il.

C'était la troisième discothèque qu'ils faisaient à la recherche de Mélina, la prostituée de Sète dont

Murielle lui avait dit qu'elle essayait de se recycler comme danseuse.

Il n'y a rien qui ressemble plus à une boîte de nuit qu'une autre boîte de nuit. Surtout dans les stations de vacances du genre de Cap d'Agde. Au *Casino Royal,* on annonçait une soirée torride avec, vers cinq heures du matin, une élection de Monsieur Sun qui promettait de ne pas être piquée des hannetons. Aux *Froufrous,* on répliquait en promettant une grande nuit érotico-show qui ne devait pas être mal non plus. Murielle Mervaud avait établi une liste des boîtes où Mélina était susceptible de s'exhiber.

La troisième boîte sur la liste de Murielle s'appelait les *Follies,* et c'était celle où un flagrant délit avait récemment raté, ainsi que l'avait raconté la jeune femme.

— Ça se trouve à la Plage d'Or, avait-elle indiqué à Boris quand ils étaient remontés en voiture, après une heure passée aux *Froufrous*.

— La Plage d'Or ?

— Un des centres naturistes du Cap. Il faut payer un droit d'entrée dans le centre, mais après, passé la barrière, on aura quatre boîtes à notre disposition.

— Quatre ?

— Oui, quatre discothèques. La Plage d'Or, c'est une véritable petite ville. Ni un camping, ni un village de vacances, mais un véritable complexe urbain, avec des immeubles collectifs, des villas individuelles, des commerces, des restaurants, des piscines, et bien entendu des boîtes de nuit... Quarante mille personnes environ chaque été...

— Et la nudité y est obligatoire ?

— En principe oui, mais en réalité il suffit de payer le péage, et personne ne vous embête si vous êtes habillé. Autant vous dire que c'est le paradis des voyeurs ! Les « textiles » y sont presque aussi nombreux que les naturistes.

— Les quoi ?

— Les textiles ! C'est comme ça que les adeptes du tout-nu appellent ceux qui portent des slips de bain ou des shorts. De toute façon, le soir, pour sortir en boîte, tout le monde se rhabille. C'est un des paradoxes du nudisme : on ressort les pantalons et les chemises dès que la drague commence.

A l'entrée de la Plage d'Or, en bordure de mer, au milieu d'une pinède superbe, un grand panneau frappé de quatre étoiles au néon étincelait en rouge.

— Qu'est-ce que ça indique ? ironisa Boris. La qualité des installations ou la densité de paires de fesses au mètre carré ?

— Les deux peut-être, avait souri Murielle.

Puis elle s'était replongée dans sa liste.

— On commence par quoi ? Les *Follies,* le *Show, La Levrette* ou le *Turlu* ?

A l'énumération de ces noms remplis de poésie, Boris soupira.

— Commençons par le commencement, dit-il. Les *Follies,* puisque c'est celui que, selon toute vraisemblance, Jumel « protégeait »...

Ils avaient donc plongé dans le vacarme des *Follies* où ronflait en continu une musique tonitruante. A l'intérieur, la chaleur qui régnait était quasiment tropicale. Difficile d'imaginer que tous ces braves gens qui s'entassaient là, sur la piste, et qui tressautaient au rythme de la musique, passaient les trois quarts de la journée intégralement à poil. Dans la pénombre, on distinguait des envols de mousseline, des jupes vaporeuses, et même quelques robes de soie qui côtoyaient de simples jeans râpés. Dans un espace aussi étouffant, les parfums se mélangeaient en un cocktail capiteux et un peu écœurant. Odeurs d'Hermès, Rochas ou Chanel mixées avec celles des corps en sueur qui se souvenaient d'avoir été consciencieusement enduits d'ambre solaire toute la journée. Sur chaque table tremblait la flamme minuscule d'une bougie et des spots tournoyants balayaient l'espace, plongeant dans le noir certains coins de la salle pour en illuminer d'autres, alternativement.

Presque à l'instant où Boris et Murielle arrivaient sur la piste de danse, le disque de hard-rock s'arrêta brutalement, remplacé par un slow langoureux.

— Ça tombe bien, fit Murielle.

— J'allais le dire, fit Boris en écho.

La lumière avait encore décliné. Autour d'eux, les attitudes des couples changeaient. On devinait des mouvements furtifs, lentes reptations, caresses, frôlements, bouches qui se rencontraient, mains qui se cherchaient, glissaient sous des robes, remontaient sous des corsages, mais tout cela restait quand même dans les limites de ce qui se passe chaque nuit dans toutes les boîtes du monde...

— C'est plus tard, en général, que les trucs échangistes commencent, indiqua Murielle.

— Dommage, soupira Boris qui sentait contre lui les courbes montantes du corps de la jeune femme.

— Pourquoi ? se cabra Murielle. Il y a une autre fille ici contre laquelle tu aurais envie de m'échanger ?

— Pas la moindre, répondit Boris en la pressant un peu plus contre lui. Mais ça me donnerait un prétexte pour...

Elle le regarda dans les yeux.

— Pour quoi ?

— Pour t'embrasser, par exemple.

Leurs bouches étaient à moins d'un centimètre l'une de l'autre et ce qui devait arriver arriva donc. Leurs lèvres s'effleurèrent, leurs langues s'enroulèrent l'une à l'autre, leurs souffles se mêlèrent, tandis que leurs mains se parcouraient mutuellement un peu partout et que leurs ventres allaient à la rencontre l'un de l'autre.

Ils s'interrompirent parce que le slow venait de s'arrêter net. Sur un petit podium moquetté de rouge, au fond de la salle, un type barbu surgit, micro en main. Curieusement vêtu d'un smoking pailleté, mais torse nu par en dessous.

— Mesdames ! Mesdemoiselles ! gueula-t-il d'une voix à mordre son micro. Le grand moment est arrivé ! Celui que vous attendiez toutes ! Vous allez enfin pouvoir vous rincer l'œil ! Voici les plus beaux mâles de toute la région ! De tout le Languedoc-Roussillon ! Que dis-je ? De toute la France ! D'Europe ! De la planète !

Il allait s'élever ainsi jusqu'aux étoiles, jusqu'aux galaxies les plus lointaines... Puis la salle fut plongée dans le noir, et la musique redémarra tandis que jaillissait sur le podium le premier strip-teaseur, au milieu des feux croisés des projecteurs.

— Eh bien, murmura Boris, on ne s'embête pas au Cap d'Agde ! Pour une station hautement familiale de la côte languedocienne, ça se défend pas mal, il faut avouer...

— Et tu n'as encore rien vu, murmura Murielle qui le tenait toujours par la main.

Il passa son bras autour de sa taille pour presser sa hanche contre la sienne.

— Regarde discrètement sur ta droite, fit-il tout en posant un baiser léger sur sa tempe.

Dans la pénombre, du côté des boxes où tremblaient

les minuscules flammes des bougies, une jeune femme en débardeur moulant très échancré sous les bras (ce qui avait pour vertu, lorsqu'elle faisait certains gestes, de ne rien laisser ignorer du galbe de son sein dans sa totalité, aréole et téton compris) venait d'allonger le bras et de passer doucement la paume de sa main sur le pantalon du serveur en train de déposer, devant elle et son compagnon, leurs consommations.

La jeune femme se tourna vers ce dernier et lui dit quelque chose qui le fit sourire, puis elle se réintéressa au serveur qui, immobile, attendait. Les doigts de la cliente descendirent alors le zip du barman et se glissèrent dans l'entrebâillement du pantalon pour en ressortir avec, entre les doigts, un pieu de chair qui se dressait déjà à la commande.

La cliente alla et vint, du bout des doigts, le long du membre du serveur, tandis que son compagnon regardait fixement la manœuvre.

Puis elle s'arrêta, fit réintégrer à l'objet son logement initial, dit quelque chose au barman qui hocha la tête avant de s'éloigner.

Boris et Murielle avaient été seuls à s'apercevoir de l'opération.

— Simple prise de contact, probablement, murmura Murielle. Dans une heure ou deux, le barman va revenir et c'est alors qu'elle se fera sauter devant son mari...

— Pourquoi dans une heure ou deux ?

— Quand il n'y aura plus que les habitués. Les vrais mordus de l'échangisme. Les purs et durs. Les incorruptibles en qui on peut avoir toute confiance.

Boris hocha la tête.

— Je comprends que ce genre de boîte ait besoin de protections, murmura-t-il.

Sur le podium, le premier strip-teaseur était un grand blond musclé vêtu en motard des pieds à la tête. Casque intégral, combinaison de cuir, gants, bottes. Simple prétexte à faire durer le plaisir de l'effeuillage. Dans le public, des femmes émoustillées échangeaient à haute voix des remarques plutôt crues sur ce que le motard devait cacher sous le cuir de sa combinaison. Une musique de slow planait par vagues molles sur la prestation du grand garçon blond. A chaque fois qu'il retirait une partie de sa panoplie, des applaudissements jaillissaient, ainsi que des hurlements.

Au bout de dix minutes, il ne portait plus qu'un minuscule short de cuir retenu par des boutons-pression sur les hanches.

La tension grimpa d'un cran dans la salle au moment où il faisait sauter les boutons-pression.

Immédiatement après, il y eut un « oh ! » de déception.

Sous le slip de cuir, il y avait encore un autre slip, encore plus mini, qui se terminait en ficelle de string entre les fesses.

Les applaudissements fusèrent, pour l'inciter à retirer ce voile intime. Il se retourna, reins présentés au public et se débarrassa du string.

Puis il pivota encore une fois sur lui-même.

Nouveau « oh ! » désappointé, côté femmes.

Il portait encore quelque chose. Un cache-sexe bizarre, une sorte de coquille rose comme en mettent les danseurs mâles sous leurs collants académiques.

Nouveau tonnerre d'applaudissements. Le strip-teaseur parut hésiter, il esquissa un pas de danse assez maladroit. C'est alors que l'argent se mit à pleuvoir, des tas de billets de banque roulés en boule qui atterrissaient autour de lui sur le podium.

Quand il jugea qu'il y en avait assez, il expulsa du bout de l'index sa coquille cache-sexe.

Du coup, la salle se déchaîna en hurlements et applaudissements.

L'ex-motard, nu à présent, sautait sur place, entraînant dans le même mouvement un sexe d'une taille tout à fait respectable qui, à force d'être ainsi secoué, prenait peu à peu du volume.

Quand il sentit qu'il ne pourrait pas contenir plus longtemps son érection, il battit en retraite derrière le rideau de scène.

Immédiatement remplacé par une sorte de « body-builder » brun et velu de partout en tenue de Tarzan. C'est-à-dire qu'un simple pagne imitation léopard lui ceignait les reins.

Une légère fièvre brûlait dans le regard vert de Murielle.

— Celui-là, ça va durer moins longtemps, murmura-t-elle.

Erreur ! Profonde erreur ! Sous le pagne imitation léopard, il y avait un autre pagne, et sous cet autre pagne, un autre. Et sous le quatrième ou cinquième pagne (de taille décroissante, bien entendu) un slip. Puis encore un slip. Et puis un premier string. Puis un deuxième.

Et ainsi de suite jusqu'à créer une sorte de paroxysme d'excitation chez les spectateurs.

Boris nota le changement sensible de l'atmosphère de la salle. Les barrières de la pudeur ou de la timidité tombaient. Des vêtements, ici ou là, commençaient à s'envoler. Une fille brune, seins nus, en minijupe de cuir, dansait toute seule une danse du ventre très lente, tandis qu'un gros type chauve, par-derrière, essayait de lui dégrafer sa jupe. Un peu plus loin, deux filles dansaient ensemble, et si elles tortillaient toutes les deux les fesses c'était parce que l'index de l'une s'insinuait dans le sillon de la croupe de l'autre, et réciproquement. Plus loin encore, c'était un grand maigre à la pomme d'Adam saillante qui soulevait la robe noire d'une jeune femme qui ne portait rien en dessous. Des deux mains, elle s'appuya aux épaules d'un autre homme pour mieux exhiber une paire de fesses dont elle pouvait être très fière. Le maigre à la pomme d'Adam saillante se laissa tomber à terre, à genoux, comme en extase devant ce monument callipyge. Puis il se mit à l'embrasser, s'insinuant du bout du nez et de la langue dans le sillon entre les hémisphères de sa croupe. Plusieurs personnes se rapprochèrent pour observer la scène avec une attention soutenue.

Sur la scène, un troisième strip-teaseur, un Maghrébin aux cheveux noirs tout bouclés, exhibait un slip bleu sur lequel, en lettres fluo, était écrit quelque chose, au bon endroit.

Seulement c'était écrit tellement petit qu'il fallait s'approcher près, vraiment très près, pour pouvoir lire.

Plusieurs spectatrices collèrent le nez sur la chose et déchiffrèrent l'inscription avec des éclats de rire : « La Force Tranquille ! »

Une grande fille brune en fourreau noir qui la moulait tellement qu'on devinait, sous son ventre, le renflé du pubis, se rapprocha de Boris. Une étrangère. Sans doute une Allemande. Elle ne devait pas connaître vraiment à fond le sens des mots en français, car elle murmura avec un fort accent, et d'une voix oppressée :

— Je suis toute trempée, vous savez ?

Boris prit l'air intéressé, mais Murielle s'interposa.

— Ah non ! C'est par moi qu'il commence ! Il me semble que j'ai droit à la priorité, non ?

L'Allemande ouvrit de grands yeux.

— Mais j'ai le feu au cul, moi ! protesta-t-elle d'une voix déchirante.

— Ça va s'arranger ! sourit Murielle.

Effectivement, un type bronzé se rapprochait de l'Allemande en détresse. Complètement nu, le sexe proéminent, dardé presque à la verticale. Avec un grand sourire, il prit la main de la jeune femme et la posa sur son engin. L'Allemande eut un tressaillement, puis ses doigts enveloppèrent le pieu de chair et se mirent à le caresser.

— On va finir par se faire repérer, murmura Murielle.

— Pourquoi ?

— Dans cinq minutes, on sera les seuls à ne pas être tout nus...

Boris laissa errer doucement sa main au creux des reins de la jeune femme.

— Je crois que ça peut s'arranger assez facilement, sourit-il. Mais avant, laisse-moi deux minutes, tu veux bien ?

— Pas plus de deux minutes ! gémit Murielle, dont se rapprochaient déjà trois inconnus aux yeux luisants et les mains pleines de doigts.

Boris réapparut effectivement au bout de deux minutes.

Et s'arrêta au milieu de la salle. Pétrifié.

Murielle Mervaud dansait avec un type blond assez beau qui la serrait contre lui, les deux mains posées sur les fesses.

Boris se secoua. « Nom d'un chien, se dit-il, moi aussi j'ai la priorité après tout ! »

Il se rapprocha du blond pour lui parler à l'oreille.

— La 305 GL, sur le parking, elle est bien à vous ? interrogea-t-il.

Le blond qui commençait à cuver sa béatitude, sursauta.

— Non, moi c'est une Renault 21 TL. Une bleue.

— C'est bien ce que je pensais, murmura Corentin. Mais je ne sais pas si vous allez la reconnaître, il y a des voyous qui sont en train de la repeindre à la bombe...

— Merde ! rugit le blond en s'arrachant à la caresse de Murielle et en se ruant vers la sortie sans même se rebraguetter.

Boris hocha la tête en le voyant disparaître.

— Si c'est pas malheureux de voir ça ! dit-il. Encore un qui préfère sa bagnole à...

— A une partie de jambes en l'air, compléta Murielle.

Boris secoua la tête.

— Bon, on reparlera de ça plus tard, murmura-t-il. Je me suis renseigné auprès du type qui présentait les strip-teaseurs, tout à l'heure. Mélina a déjà fait son numéro ici en début de soirée. D'après lui, elle doit être à *La Levrette,* ou au *Show.* Viens !

CHAPITRE XII

Il y a des moments où le Destin s'amuse.

A l'heure où Boris et Murielle Mervaud se trouvaient au *Casino Royal,* Sarrazin et Francine pénétraient aux *Froufrous.* Ils en sortaient alors que Boris et Murielle y arrivaient. Sarrazin et Francine Sontag se rendirent ensuite aux *Follies* qu'ils quittèrent dix minutes avant que Boris et Murielle n'y apparaissent.

A ce moment-là, il était près de trois heures et demie du matin.

La bonne heure, d'après Francine, pour se rendre à *La Levrette,* le club le plus *hard* du village naturiste de la Plage d'Or.

Sarrazin trébucha sur la dernière des trois marches conduisant à la discothèque proprement dite.

Il se retint en agrippant le bras de Francine. Celle-ci se retourna et fut brusquement frappée par le visage de son compagnon, les yeux cernés de bistre, décoiffé, des mèches collées sur un front en sueur, le regard fixe, les joues livides, il avait pris dix ans d'un seul coup.

— Qu'est-ce qui se passe ? Ça ne va pas ?

Il fit un énorme effort sur lui-même pour donner le change.

— Mais si, très bien.

Les cinq whiskies avalés dans les deux précédentes boîtes lui étaient tombés dans l'estomac comme du vitriol. Il n'avait rien avalé depuis le matin. Au dîner, il avait chipoté sur tout, couvé du regard par Sontag qui s'inquiétait de sa santé.

Et maintenant la moquette rouge de la discothèque tanguait sous ses mocassins comme le pont d'un bateau pris dans la tempête.

Une musique très *soft,* un slow sirupeux d'avant le déluge, ondulait par-dessus un spectacle qui, lui, était très nettement classé X.

Comme un automate, Sarrazin se laissa conduire par la main, enjambant tant bien que mal les grappes de corps emmêlés par terre, où il aurait été ardu de deviner à qui appartenait quoi ! Il y avait une cinquantaine de personnes dans la salle, la plupart nus comme des vers. Quelques-uns, toutefois, avaient gardé certaines pièces de vêtements. Comme cette petite blonde complètement ivre qui, dans un coin, se laissait retirer son soutien-gorge par deux messieurs très dignes et sérieux comme des papes qui s'escrimaient sans succès avec l'attache métallique dans son dos. Bien entendu, elle ne portait plus rien d'autre sur elle. Sa jupe était chiffonnée par terre, ainsi que son minislip bleu roulé sur lui-même comme une feuille morte. Entre deux quintes de rire, elle leur disait d'arrêter, de la laisser faire, qu'ils s'y prenaient comme des manches.

Finalement, le soutien-gorge tomba laissant apparaître deux superbes seins lourds et blancs dont les pointes se tendirent. Du même mouvement, les messieurs qui s'occupaient d'elle se penchèrent et avalèrent ses tétons. Chacun un, pas de jaloux !

Une autre fille, plus loin, dansait toute seule au

milieu d'un groupe qui la buvait des yeux. Elle devait avoir du sang noir dans les veines, car elle exhibait une beauté hybride, africaine par sa croupe épanouie et très cambrée, que soulignait la minuscule ficelle d'un string lui passant entre les fesses. Au bout d'un moment un type roux, les yeux hors de la tête, ne put plus y tenir. Son sexe en avant, tenu à pleines mains, il se rapprocha de la métisse, lui ouvrit les fesses et commença à la pénétrer.

Sarrazin se laissa tomber sur la banquette, à l'endroit où Francine l'avait conduit.

— Tiens, fit-il remarquer d'une voix pâteuse. Le même box que l'autre soir...

Elle lui caressa la nuque du bout des doigts.

— Tu trompes ton monde, toi, fit-elle, tu n'es pas aussi saoul que tu veux en avoir l'air !...

Il se laissa aller en arrière sur la banquette.

— Je ne suis pas saoul, dit-il, je suis malade. Malade de trouille, Francine. Tu comprends ça ? Malade de la plus grande trouille de ma vie...

Il se raccrocha des deux mains à la petite table ronde.

— Tu ne comprends pas ? reprit-il de la même voix hachée. Je crève de peur. Et toi, toi... toi, tu ne penses qu'à t'amuser !...

Elle plongea ses yeux dans les siens.

— Et alors ? On n'a qu'une vie, non ?

Le serveur à qui elle avait fait signe se rapprocha. Intégralement nu, un plateau en équilibre sur la paume droite.

— Champagne, demanda Francine.

Elle vira vers le scénariste.

— Ce sera moins dangereux dans ton état.

Sarrazin ouvrit la bouche pour dire quelque chose, mais il ne parvint pas à articuler. De toute façon,

Francine avait un projet bien précis en tête. Des deux mains, elle avait entrepris de le déboutonner.

Un attribut mâle de dimension très honorable, surtout vu l'état dans lequel il se trouvait, surgit, immédiatement coiffé par les lèvres merveilleusement humides de Francine.

Elle l'avala quelques instants, le sentant gonfler dans sa bouche. Puis elle jugea que la position était incommode. Elle le souleva et l'obligea à s'étendre de tout son long sur la banquette. Elle l'enjamba, s'accroupissant au-dessus de lui, ses fesses juste au-dessus du visage du scénariste.

Puis elle le reprit dans sa bouche.

Elle avait encore sa jupe. Du coin de l'œil, sans cesser de sucer Sarrazin, elle devina que plusieurs silhouettes se rapprochaient. L'une d'entre elles la frôla, passa par-derrière et commença à la dénuder.

Après lui avoir caressé les fesses quelques instants, il changea de position, s'appuya contre elle et commença, mains crochées dans ses hanches, à la pénétrer.

C'est à ce moment que Sarrazin rouvrit les yeux. Il vit d'abord, au-dessus de lui, à un centimètre, le postérieur fabuleux de Francine, au milieu duquel s'ouvraient deux lèvres roses ourlées de poils bruns. Puis les lèvres s'écartèrent sous la poussée d'un pal viril qui les pénétrait.

La dernière chose que Sarrazin vit avant de refermer les yeux, ce fut ce membre étranger qui, à un centimètre lui aussi de son visage, s'activait dans le ventre de Francine. Tandis que les deux grosses boules des testicules de l'inconnu lui effleuraient, à chaque mouvement, le nez et le menton.

Il laissa retomber ses paupières, en proie à un

véritable carrousel de pensées chaotiques et désespérées.

Sarrazin, malgré son ivresse, ne s'était pas trompé en remarquant que Francine le conduisait dans le même box que la première fois.

Mais, pas davantage que la première fois, il ne repéra, au-dessus d'eux, la curieuse lucarne grillagée. Ni, bien entendu, le regard luisant qui les observait, Francine et lui.

De l'autre côté de la cloison, dans le bureau du patron de *La Levrette,* celui que personne ne connaissait autrement que sous le nom de guerre de Lucien Godemert, perçut, avec une intense satisfaction, un léger tressaillement du côté de son bas-ventre.

Il se « pschitta » une double dose de popper dans chaque narine, puis referma le volet sur le moucharabieh.

Ses mains puissantes aux phalanges couvertes de poils drus et noirs se posèrent sur les fesses soyeuses et rebondies d'une petite Belge rousse et potelée, amenée par Saïd quelques instants auparavant. Comme d'habitude, le jeune beur avait choisi la fille la plus saoule de toute l'assistance, afin d'éviter les drames et les protestations.

— Toi, ma jolie, grogna le boss, tu ne vas pas regretter le voyage, je vais t'enfiler si loin que ça va te ressortir par les oreilles.

Il se planta comme un arbre au milieu de la superbe croupe élastique dont la double masse de chair tressauta et trembla sous l'assaut.

Comme l'autre, la première nuit, la Belge était cassée en deux, buste écrasé contre la surface d'acier brossé du bureau, ventre coupé par le rebord de la dalle. A chaque fois qu'il poussait entre ses fesses, elle avançait de quelques centimètres, et sa tête cognait contre un gros cendrier en inox à motié rempli de mégots.

CHAPITRE XIII

— Cette fois, je crois qu'on arrive au bon moment, murmura Boris Corentin.

Il était un peu plus de quatre heures du matin ; à *La Levrette*, la bacchanale battait son plein depuis à peu près une heure et, sur la scène, un minuscule podium couvert de velours rouge pratiquement semblable à celui des *Follies*, deux filles s'emmêlaient dans l'indifférence la plus générale. A quoi bon un spectacle organisé, quand celui qui se déroulait dans la salle valait tous les pornos en version « cryptée » de Canal Plus ?

Boris, d'une pression de main, attira l'attention de Murielle Mervaud.

— C'est laquelle, à ton avis ? interrogea-t-il.

Murielle secoua la tête.

— Mélina ? Aucune idée, murmura-t-elle, je ne l'ai jamais vue.

— Espérons au moins que c'est l'une des deux, soupira Boris.

Sur la scène minuscule, les deux filles mimaient la volupté et la passion avec une bonne volonté incontestable. L'une brune, l'autre blonde. Et en tout point différentes. Cheveux courts pour la blonde, cheveux longs pour l'autre. Rondeurs généreuses pour la brune, formes souples et élancées pour la blonde.

Les deux « artistes » n'étaient plus qu'une houle de spasmes et de secousses onduleuses. La blonde rampait entre les cuisses de la brune, se rapprochait, effleurait de la langue et des doigts ses grandes lèvres palpitantes sous une toison drue et noire. La brune hoquetait de plaisir, se cabrait convulsivement, lâchait des miaulements remplis de conviction.

Les longs ongles de Murielle crissèrent sur le dos de la main de Boris.

— Ça va finir par me donner des idées, lâcha-t-elle.

Il allait lui répondre, mais une créature rousse intégralement nue, à part une chaînette en or autour de la taille, s'était rapprochée.

Elle jaugea Boris du regard, puis passa doucement devant lui, comme s'il la gênait pour jouir du spectacle. Seulement, elle s'arrangea pour le coller très étroitement, reculant jusqu'à effleurer de sa croupe l'endroit exact où le pantalon de Boris se déformait sous l'effet d'un phénomène d'intumescence bien connu des amateurs.

— Vous ne voulez pas me mettre ? interrogea carrément la rousse en tordant la nuque vers lui.

Murielle lâcha la main de son compagnon.

— Elle pourrait me demander mon avis, celle-là, dit-elle entre ses dents.

Boris la regarda.

— C'est demandé si gentiment, soupira-t-il. Comment avoir la cruauté de refuser ?

Il laissa filer une main baladeuse vers la croupe constellée de taches de son de la rousse. Celle-ci se pencha un peu en avant pour lui faciliter la besogne.

Boris la saisit à deux mains par les hanches et se tourna vers Murielle pour la prendre à témoin de cette offrande qu'il eut été décidément très grossier de repousser.

Murielle avait disparue !

Il tourna la tête pour essayer de l'apercevoir.

Un grand type très bronzé avait plongé les mains sous son body noir et la caressait doucement, en l'entraînant vers un coin obscur.

— Alors ? gémit la rousse.

Boris se réintéressa à la superbe paire de fesses qu'on lui offrait avec une grande générosité et s'apprêtait à les honorer avec tous les égards dus à leur somptuosité, lorsqu'il s'aperçut que, sur le podium, les deux pseudo-lesbiennes venaient de disparaître.

— Un instant, jeta Boris avant de s'élancer à leur poursuite. Je reviens tout de suite...

La longue tenture rouge, derrière la scène, bougeait doucement. Boris la souleva. Derrière, il y avait une porte métallique qu'il poussa. Un couloir obscur aux murs de parpaing brut s'étendait devant lui.

Sur la droite, collé contre la salle de la discothèque, il repéra la cabine vitrée où le disc-jockey s'occupait de la musique. Il cogna contre la vitre. Un garçon blond d'à peine vingt-cinq ans bougea au fond de la cabine, affalé sur une chaise au milieu d'un amoncellement de canettes de bière vides.

— Qu'est-ce que vous voulez ? fit-il d'une voix molle.

Boris passa la tête dans l'entrebâillement de la porte vitrée.

— La loge de Mélina ?

Le disc-jockey scalpa une canette du tranchant de la main et en but une gorgée.

— Et c'est qui qui la demande ? interrogea-t-il.

La plaque de policier barrée de tricolore de Boris jaillit au bout de son bras.

— Fallait le dire tout de suite, murmura le garçon blond sans le moindre enthousiasme.

Il avala une nouvelle gorgée de bière.

— Ici, reprit-il, tout le monde a la même loge. Vous trouverez Mélina au bout du couloir, la première porte à droite.

Resté seul, le disc-jockey rumina un instant. Partagé entre un je-m'enfoutisme inné et les emmerdes en perspective si un flic fourrait trop son nez dans les affaires de la boîte. La police à la discothèque, ça n'avait rien de rassurant.

Il décrocha le téléphone et fit le zéro pour avoir la ligne intérieure.

Il fallait prévenir le boss.

« Loge » pour une cage à lapin aussi minuscule, ça relevait de l'abus de langage et de la publicité mensongère. La pièce dont Boris venait de pousser la porte devait faire deux mètres sur deux à tout casser. Une ampoule nue de quarante watts pendait du plafond, et le coin maquillage était composé d'une simple planche en bois brut surmontée d'un miroir au tain rongé.

Devant, installée sur un tabouret la fille brune du duo lesbien de tout à l'heure.

Nue.

Et bien cambrée à cause de sa position, reins creusés faisant saillir une croupe de jument somptueuse.

— Mélina ? interrogea-t-il.

Elle le regarda dans le miroir, à travers les mouchetures qui le criblaient.

— Qu'est-ce que vous lui voulez à Mélina ?

Boris hocha la tête.

— Je le lui dirai quand je la verrai.

Elle pivota sur elle-même dans un bruit soyeux de chairs frottées contre le bois du tabouret. Cette fois, comme elle lui faisait face, Boris eut un certain mal à détacher son regard du buisson de poils noirs qui bouclait entre ses cuisses puissantes.

— C'est moi, fit-elle.

Boris toussota. D'accord, il l'avait vue nue, tout à l'heure, sur le podium de la discothèque, mais c'était autre chose de discuter avec elle, maintenant, de la mort bizarre d'un flic peut-être pourri, alors qu'elle était encore et toujours dans le plus simple appareil.

— Alors ? interrogea-t-elle. Qu'est-ce que vous me voulez ?

Boris sourit.

— D'abord vous féliciter pour votre numéro, murmura-t-il.

Elle dirigea vers lui un regard dur au milieu d'un visage qui aurait pu être beau, si deux plis amers, autour d'une bouche épaisse et voluptueuse, ne l'avaient étrangement vieilli.

— Si vous avez l'intention de vous foutre de ma gueule, jeta-t-elle d'une voix rauque, vous pouvez décarrer.

— Mais non, se précipita Boris, vous ne comprenez pas...

Elle se renversa un peu en arrière de manière à s'appuyer des deux coudes contre la tablette où s'alignaient des cotons de démaquillage, des pots, des tubes et des flacons.

— Si vous croyez que c'est marrant de se donner en spectacle devant cette bande de porcs qui ne pensent qu'à s'enfiler !...

Dans la position où elle était, elle offrait sans complexes la vision de ses seins, lourds, volumineux, avec de grosses pointes rondes et brunes.

— J'essaie de repartir de zéro, mais je me rends compte que c'est pas gagné, dit-elle encore avec tristesse.

Boris considéra avec sympathie la tapineuse qui tentait tant bien que mal de se recycler.

— Je venais surtout pour vous parler de Jumel, dit-il.

Le visage de Mélina devint gris.

— Vous êtes un de ses copains ?

Boris haussa les sourcils.

— Mais non. Je ne l'ai même jamais vu.

Des deux mains, elle se mit à masser sa lourde chevelure brune et ses seins, accompagnant le mouvement de ses bras, remontèrent un peu, pointes brunes dansant mollement.

— Je me disais aussi que vous n'aviez pas la tête de l'emploi.

— C'est quoi, la tête de l'emploi ?

Elle haussa les épaules.

— Vous savez très bien ce que je veux dire. Jumel sa vocation était d'être flic comme moi carmélite.

Elle plissa les paupières en le considérant attentivement.

— Vous n'avez peut-être pas la tête d'un hareng, mais vous n'avez pas non plus celle d'un flic, c'est marrant, je me demande ce que vous pouvez bien faire dans la vie...

Les maxillaires de Boris bougèrent comme s'il broyait quelque chose.

— Flic, dit-il sobrement.

De nouveau, les yeux de la Sétoise devinrent fixes.

— Ben ça alors... D'habitude je suis plus physionomiste !...

Boris s'adossa au mur de la loge.

— C'est peut-être moi qui n'ai pas la tête de l'emploi, comme vous l'avez dit.

Elle secoua la tête.

— Et vous voudriez que je vous dise ce que je sais sur Jumel, c'est bien ça ?

— En quelque sorte.

Elle eut un soupir.

— Pour vous, Jumel, c'était qu'un flic pourri, fit-elle d'une voix rauque. Pour moi, c'était autre chose... Un truc plus complexe... Une ordure, bien sûr, mais aussi mon julot... Vous savez, ça fait drôle, pour une pute, d'avoir un flic comme mac ! Ce salaud, au début, il m'a eue en me la jouant romantique. Il a commencé par être mon client. Et puis ensuite, il a abattu ses cartes. Il m'a expliqué comment il fallait que je me conduise si je voulais qu'on me foute la paix. C'était facile : il suffisait que je lui file un maximum de blé. Et puis des renseignements, par-ci, par-là. De temps en temps, il me racontait qu'il allait divorcer, virer sa femme et ses gosses et m'installer à leur place. Mais c'était bidon, bien sûr. Une fois, il m'a fait visiter sa baraque, au Grau d'Agde, il voulait me montrer dans quel luxe il vivait, sa piscine et tout... Un jour, il m'a dit « tout ça ce sera à toi ». J'y croyais pas, mais quand même, ça me faisait un effet... Il a même voulu me sauter sur le lit conjugal. J'ai d'abord refusé mais il m'a cognée pour me convaincre. Ça, il avait des « arguments de poids » !

La dernière fois, c'était il y a huit jours. Vous ne pouvez pas voir les marques à cause du fond de teint, mais croyez-moi sur parole... Enfin, il est mort, paix à son âme...

Elle se leva. Debout, elle était encore plus belle. Pulpeuse. Ronde à avoir envie de la manger. Cuisses larges, fesses puissantes, hanches pleines. Et cette toison, d'un noir lumineux qui s'épanouissait au centre d'elle comme une fleur tropicale.

— Malheureusement, émit Boris, le moment de la paix pour son âme n'est pas encore tout à fait arrivé.

— Que voulez-vous dire ?

— J'enquête sur les conditions de l'accident dont il a été victime, et par conséquent...

Elle le coupa, le regardant droit dans les yeux.

— Ce n'était pas un accident, dit-elle nettement. Puis elle se retourna vers la tablette à maquillage où elle s'empara de sa montre-bracelet.

— Nom de Dieu ! Je vais être en retard. J'ai encore un passage avec Chrystyna.

— Votre partenaire de tout à l'heure ?

— Oui, elle est partie en avance, elle doit m'attendre pour le dernier spectacle, c'est au *100 Sleeps*...

— Le quoi ?

— Un boxon encore pire que celui-ci, soupira-t-elle, mais au moins il n'appartient pas à Godemert.

— Godemert ?

— Ecoutez, je n'ai pas le temps de parler avec vous pour le moment, je suis désolée. Si vous voulez que je vous en dise plus, retrouvons-nous chez moi, au Cap d'Agde... Disons dans deux heures. Vers six heures et demie. Je vais vous écrire l'adresse.

Elle se rapprocha, tendant à Boris un papier sur lequel elle venait de griffonner quelques mots.

— Je suis désolée, mais je voudrais être tranquille pour m'habiller, vous comprenez ?

Elle était tout près de lui, Boris sentit la bouffée de féminité, puissante et chaude, qui émanait d'elle. Il se sentit tout drôle, brusquement. Avec des tas de picotements secrets au creux des reins.

— Le « Duo Lesbos », lâcha-t-elle encore, c'est de la frime, vous savez... J'ai peut-être l'air, sur scène, mais je ne suis pas gouine, pas du tout.

Elle toisa ce drôle de flic qui avait si peu la gueule de l'emploi.

— Dommage que je n'aie pas le temps de vous le prouver.

— De me prouver quoi ?

— Que je ne suis pas gouine.

Boris lui assura poliment qu'il la croyait sur parole, mais que si elle tenait quand même à lui apporter des preuves, plus tard, il ne dirait probablement pas non.

— Et Chrystyna ? demanda-t-il ensuite.

Elle haussa les épaules.

— Je ne la connaissais même pas il y a trois semaines, dit-elle. Et si, depuis, on a échangé dix phrases, c'est tout le bout du monde. Elle est Polonaise, elle ne parle pas un mot de français. On arrive à se comprendre vaguement, en anglais, quand il y a urgence. Elle était danseuse, dans son pays, mais elle n'arrive pas à trouver de boulot ici. Moi ça me dépanne, et puis j'apprends des trucs parce que c'est une pro... Quand Maxence me l'a présentée...

— Qui est Maxence ?

— Mon seul véritable copain dans le coin. Un Sétois, comme moi. Pendant la saison, il est coiffeur ici, au village naturiste de la Plage d'Or. Chrystyna était venue le voir pour lui proposer ses services comme shampooineuse, mais il n'avait besoin de personne. Moi, par contre...

Elle réfléchit un instant.

— Tiens, reprit-elle, lui aussi il pensait que Jumel finirait mal. Il avait entendu des choses. Des rumeurs...

— Quel genre de rumeurs ?

Elle posa une main sur son bras.

— Ecoutez, dit-elle, je vais vraiment être en retard et ça va me faire un cachet de moins, c'est pas le moment. Soyez gentil, on continuera cette conversation chez moi, tout à l'heure. D'accord ?

Elle lui effleura les lèvres, histoire de lui dire que, tout à l'heure, ils ne feraient peut-être pas que de la conversation.

Dans le couloir, Boris regarda le bout de papier où elle avait griffonné son adresse. Un petit hôtel de la rue de l'Astrolabe, dans le centre du Cap d'Agde, près du port de la Clape.

Il mit cinq bonnes minutes, dans la discothèque, à retrouver la trace de Murielle.

Elle n'était pas tout à fait nue mais presque, et dansait, la poitrine découverte par le body qui avait glissé de ses épaules à ses avant-bras.

La tête en arrière, les yeux mi-clos, elle ne paraissait pas vraiment détester ce qu'un grand escogriffe — une vraie gueule de maître-nageur, songea Boris, vaguement jaloux —, accroché comme une sangsue à la pointe de ses seins, était en train de lui faire.

Un peu ulcéré quand même, Boris se rapprocha tout doucement.

— Je ne voudrais pas te déranger, fit-il. Dès que tu auras fini, rejoins-moi dehors. J'ai du nouveau. Mais surtout, prends ton temps...

A l'autre bout de la salle, dans son box, Sarrazin était en train, au même instant, de se payer Francine Sontag avec une rage accrue pour l'humiliation qu'elle lui avait infligée tout à l'heure, en se faisant saillir exactement sous son nez, c'était le cas de le dire puisqu'il avait eu, pendant dix minutes, le spectacle du membre de l'inconnu qui la défonçait à cinq centimètres de son visage.

Maintenant, il se l'offrait avec une frénésie décuplée par l'ivresse. Il l'avait bloquée sur la banquette, allongée sur le dos et, installé à califourchon sur elle, il prenait sa revanche, il lui défonçait la bouche à grands coups d'épieu. Un peu effrayée par sa violence, elle écarquillait les yeux, mais elle était impuissante, incapable de protester, surexcitée aussi par la fureur qu'il mettait à la posséder et qui semblait ne jamais devoir finir.

CHAPITRE XIV

Boris Corentin écrasa du bout du pied sa cigarette dont l'extrémité rougeoyante disparut au fond d'une mini-avalanche de sable.

— Cinq heures du matin, murmura-t-il. On a encore plus d'une heure à attendre.

En quittant la boîte de nuit, ils avaient marché en silence à travers les rues désertes du village naturiste. Village était le mot exact. Il y avait des quartiers entiers de maisons individuelles flanquées de jardinets minuscules. D'autres îlots étaient composés d'immeubles de deux ou trois étages. Ailleurs s'étendaient de vastes centres commerciaux. Un patelin qui ressemblait à des milliers d'autres, sauf qu'on y avait forcé encore plus qu'ailleurs sur le béton (ocre-rose, naturellement pour faire couleur locale) et que, dans la journée, la plupart des passants qui se promenaient dans les rues étaient dans le plus simple appareil...

Ils avaient débouché sur la plage, au bout d'un long chemin sablonneux serpentant entre les cyprès. La nuit était encore totale, sauf une faible lueur, là-bas, à l'horizon, et des petites vagues molles venaient s'écraser sur le sable avec un murmure étouffé. On était loin de l'atmosphère partouzarde et bruyante des boîtes de nuit qu'ils venaient de visiter. Très loin. Comme à des années-lumière.

— Dommage, soupira Murielle. Il était monté comme un cheval.

Boris la prit par l'épaule. Des bouffées d'odeurs marines montaient par vagues.

— Tu t'imagines que c'était le seul spécimen de son espèce ? gronda-t-il, toute sa fierté de mâle fouettée d'un seul coup.

Elle minauda.

— Oh moi, tu sais, je suis comme saint Thomas, je ne crois qu'à ce que je vois !

Boris exhiba ses canines.

— Vraiment ?

— Vraiment.

Il montra le sable, mille fois brassé et rebrassé par les pieds des estivants.

— Alors, agenouille-toi, fit-il avec une brutalité calculée.

L'instant d'après, elle tombait à genoux devant une massue de chair lourde, chargée de sève, et sillonnée d'une grosse veine violette qui battait la chamade sous la peau presque transparente qu'elle enfourna jusqu'au fond de la gorge.

Très vite, il la releva en l'attrapant sous les aisselles et roula sur ses hanches sa courte jupe de cuir.

D'un de ses longs index vernis de rouge, elle écarta d'elle-même l'échancrure de son slip pour lui offrir un passage dans ce que Boris devina, dans la pénombre, comme une riche toison brune et bouclée.

Boris s'enfonça en elle sans la moindre résistance, l'empalant raide jusqu'au fond du ventre avec l'impression de pénétrer dans une merveilleuse forêt tropicale.

Elle eut un « ha » d'extase et de surprise en constatant qu'il l'emplissait totalement, et même au-delà de ses espérances. Elle se cramponna des deux mains à ses épaules, tandis que les coups de reins de son partenaire la soulevaient en cadence. Ils roulèrent enlacés sur le sable.

— Dieu que c'est bon! murmura-t-elle. J'en avais envie depuis le premier instant où je t'ai vu.

Boris ne répondit pas qu'il en allait de même pour lui, c'était tellement évident que c'était inutile.

*
**

Au même instant, dans le bureau de celui que tout le monde, à *La Levrette,* appelait Lucien Godemert, le gros homme pinçait très fort l'un des seins de la Belge parce que cette idiote était en train de s'endormir.

La fille poussa un miaulement de douleur suraigu et gigota pour se dégager. Mais le gros homme était assis à califourchon sur ses fesses, l'écrasant à plat ventre contre la moquette.

Il n'avait pas lâché le téléphone.

— Elle a besoin de repos, répéta-t-il dans le combiné.

Silence à l'autre bout du fil.

— Un long, un très long repos, insista le gros homme.

Et il laissa tomber les mots convenus :

— Une cure de sommeil.

Avant de raccrocher, il indiqua l'adresse où l'on trouverait celle qui avait un tel besoin de sommeil : rue de l'Astrolabe, près du port de la Clape.

Puis il se réintéressa aux fesses blanches et nues de la

Belge. Il se laissa glisser le long de son sillon et s'enfonça brutalement dans ses reins. Elle poussa un couinement de douleur, mais, par-devant, il lui avait enfoncé les deux mains dans la bouche, entre les dents, comme un cheval à qui on impose un mors trop volumineux.

Avec un plaisir intense, il sentit les larmes de la fille lui inonder les doigts. C'était ça qui lui plaisait le plus, quand il possédait une femme : lui apprendre à gicler de partout en même temps, les yeux, le ventre et le reste. A s'humidifier. De jouissance comme de souffrance. A se liquéfier sous lui.

Tout en labourant la Belge, il consulta sa montre. Dans une petite heure, pour Mélina, tout serait fini.

*
**

L'Opel Kadett GSI pilotée par Conrad Gimbelhof s'arrêta à cinq heures quarante-cinq précises sur le parking en bordure du port de la Clape, au Cap d'Agde. La nuit commençait doucement à se dissiper, les grandes dalles de basalte qui recouvraient les quais luisaient de l'humidité du matin. Le port était absolument désert.

Ils descendirent en silence de l'Opel. Leurs visages étaient graves. Comme à chaque fois qu'ils allaient tuer. Ils avaient beau ne pas en être à leur coup d'essai, loin de là, c'était à chaque fois, pour eux, comme un acte religieux, une sorte de culte qu'ils rendaient à une divinité sanglante et monstrueuse. C'était après, surtout, qu'ils se sentaient divinement bien. Comme soulagés d'un poids obscur et terrible.

Bettina Singen dirigea son visage inexpressif vers une petite rue qui débouchait directement sur le port.

— C'est par là, dit-elle en allemand.

L'enseigne de l'*Hôtel du Cap,* rue de l'Astrolabe, pâlissait dans le jour naissant. Ils en poussèrent la porte vitrée. Derrière le comptoir, allongé sur un lit de camp, le veilleur de nuit ronflait bruyamment.

Ils furent presque déçus. Ils avaient prévu qu'il faudrait le tuer, s'il était réveillé, et cette perspective était loin de leur déplaire.

Ils s'engagèrent en silence dans l'escalier conduisant aux étages. Bettina d'abord, puis Conrad.

Au premier, ils repérèrent, sur le palier, une fenêtre donnant sur une terrasse d'où il était possible, le cas échéant, de sauter dans la cour. Ce n'était qu'un détail mais il pouvait leur sauver la vie s'ils devaient fuir précipitamment.

Ils n'avaient jamais négligé les détails. C'était la raison pour laquelle leur réputation de tueurs avait traversé les frontières et que, dix ans plus tôt, quand ils avaient dû quitter la France en catastrophe, l'Honorable Société (1) les avait accueillis à bras ouverts, aussi bien au Brésil qu'en Colombie ou aux Etats-Unis.

*
**

La chambre de Mélina se trouvait au troisième étage de l'*Hôtel du Cap*. Pour l'atteindre, il fallait, à partir du deuxième, grimper un étroit escalier en colimaçon. Cet hôtel était probablement l'un des plus pouilleux du

(1) La Mafia.

coin, mais avec ce qu'elle gagnait chaque nuit dans les discothèques, elle ne pouvait guère se montrer difficile.

Arrivée au deuxième, elle souffla un instant. Presque six heures. Elle avait juste le temps de prendre une douche avant l'arrivée du beau flic brun qui voulait l'entendre parler de Jumel et à qui tout à l'heure, à *La Levrette,* elle avait donné rendez-vous. Rien qu'à penser à Boris Corentin, elle se sentit une légère chaleur, au fond du ventre qui l'étonna elle-même.

La porte de sa chambre, au bout du couloir du troisième étage, n'était pas fermée à clé. Mais elle n'eut pas le temps de s'en étonner parce que, en la poussant, elle aperçut le plafonnier, un vulgaire globe de verre dépoli, qui était allumé. Elle se dit qu'elle avait dû oublier d'éteindre, hier soir, avant de partir au travail.

Et puis, elle ne se dit plus rien du tout parce que le canon d'un P38 lui caressait la tempe.

— Ne fais pas l'idiote et tout ira bien, fit une voix d'homme, derrière elle, une voix déformée par un fort accent allemand. Si tu cries, si tu fais le moindre bruit, je t'éclate la tête.

Ce n'était pas la première fois que Mélina avait à affronter des malfrats. Elle savait que le mieux était de la boucler, de ne pas poser de question et de répondre bien gentiment à toutes celles qu'on lui poserait.

— Tu vas être raisonnable ? reprit l'Allemand derrière elle.

Elle fit oui de la tête. Elle l'entendit alors rabattre la porte, tandis qu'une poigne d'acier se refermait sur son bras droit.

— Assieds-toi, fit l'homme en la poussant vers le lit.

Il y avait un fauteuil tout près de la fenêtre, et quelqu'un d'autre était assis dedans. Quelqu'un que

Mélina, trompée par le contre-jour, n'avait pas vu tout d'abord.

Une femme.

Son premier réflexe fut de penser que si une femme était mêlée à l'affaire, ça rendait les choses plus rassurantes, en un sens. Enfin, un peu moins inquiétantes...

Puis elle aperçut le regard fixe et vide de l'inconnue posé sur elle et elle se sentit glacée jusqu'aux os.

L'Allemand se rapprocha.

— On va causer tous les deux.

— De quoi ? demanda Mélina d'une voix chancelante.

— Du flic qui est venu te voir, tout à l'heure, à la discothèque.

Il lui caressa les cheveux.

— Détends-toi, murmura-t-il. Si tu réponds à nos questions, tu n'as rien à craindre de nous...

CHAPITRE XV

Quelques minutes avant six heures, Boris Corentin s'accroupissait devant la roue arrière gauche de la 505 GTI blanche dans laquelle ils s'apprêtaient à monter, Murielle et lui.

— Nom d'un chien ! ragea-t-il entre ses dents. Un pneu crevé !

Murielle s'accroupit aussi pour considérer le problème de plus près. Puis elle se releva.

— Je vais chercher le cric, annonça-t-elle en contournant la voiture.

***

Par la porte-fenêtre grande ouverte sur le parc, montaient des odeurs de sève, d'herbe fraîchement fauchée, et des bouffées d'humidité venant de la rivière proche.

Dans le ciel, la lueur rose de l'aube s'agrandissait rapidement au-dessus des pins parasols de *La Cardabèle.*

En arrivant, dix minutes plus tôt, Francine s'était

débarrassée de ses escarpins qu'elle avait balancés dans un coin du vestibule. Elle se rapprocha de la porte-fenêtre, dansante sur ses pieds nus.

— Tu es sûr que tu ne veux rien boire ? Même pas un peu de champagne ? Ça ne peut pas faire de mal, tu sais.

Sarrazin, qui se retenait au chambranle de la porte-fenêtre, se retourna vers elle, sidéré.

— Tu es vraiment dingue, murmura-t-il. Totalement dingue...

Avec le petit jour, sa lucidité revenait par vagues. Comme une lumière grandissante illuminant peu à peu un paysage de décombres.

— Pourquoi dingue ? roucoula Francine en se collant contre lui. On n'a qu'une vie, ne l'oublie pas. Il faut en profiter.

Il se dégagea, troublé par le poids du sein droit de la jeune femme qui s'écrasait contre son biceps.

— Je te rappelle, dit-il d'une voix pâteuse, que nous sommes dans le bain jusqu'au cou, plongés tous les deux dans un chantage. Et que, si nous ne trouvons pas une solution très vite...

Un coq chanta dans une ferme, très loin dans les collines. Puis un autre. Et encore un autre. Sarrazin offrit son visage à l'air froid du matin. Après cette nuit de folie, c'était un peu comme une nouvelle naissance. Entre le Cap d'Agde et Bellesource, il avait piloté la BX de Sontag pratiquement à l'aveuglette, trop ivre-mort pour se rendre compte du danger. Avec Francine, à côté de lui, encore plus inconsciente que lui, qui chantonnait.

— Il faut d'abord savoir qui ils sont, fit-il entre ses dents.

Curieusement, à présent, il ne sentait plus la fatigue.

Ou presque plus. Seul un grand vide l'habitait intérieurement.

— De qui parles-tu ? interrogea Francine toujours collée contre lui.

— Du couple d'hier après-midi, répondit machinalement Sarrazin. Tant que je ne connais pas leur identité, je ne peux pas agir...

— Et quand tu la connaîtras ? demanda-t-elle.

Il secoua la tête.

— Je ne sais pas... J'essaierai de me renseigner sur leur passé... Il doit bien y avoir des trucs inavouables par lesquels on peut faire pression sur eux...

Le rire clair de Francine le fit sursauter.

— Alors comme ça tu vas te battre ? fit-elle. Tout seul contre des bandits ? Comme un grand ?

Cinglé par l'ironie de la jeune femme, il se cabra.

— Tu ne m'en crois pas capable ?

Elle lui entoura les épaules.

— Moi qui te prenais pour un intellectuel !... soupira-t-elle avec le même petit rire insupportable.

Il se dégagea.

— Tu devrais aller te coucher, fit-il brutalement. Je te rappelle qu'un policier est mort, et qu'il n'y a pas de quoi rire...

Elle laissa glisser ses mains le long du corps du jeune homme.

— Tu n'as pas encore envie de...

Il se secoua.

— Non !

— Vraiment ? fit-elle tandis que sa caresse devenait plus précise.

L'image de Sontag dormant, là-haut, au premier juste au-dessus d'eux, lui traversa le cerveau comme un éclair.

— Pas question ! cria-t-il presque.

Les doigts de la jeune femme se coulèrent jusqu'à son sexe, puis plus bas jusqu'aux boules chaudes de ses testicules, sous le pantalon qu'ils enveloppèrent.

— Tu dis ça parce qu'elles sont vides, lui chuchota-t-elle à l'oreille. Mais elles vont se remplir à nouveau, et alors tu ne pourras pas me résister.

Elle se détacha et pivota sur les talons.

— Bonne nuit ! lui lança-t-elle avant de disparaître. Fais de beaux rêves !

Resté seul, Sarrazin tourna encore un quart d'heure dans la salle à manger, en proie aux pensées qui l'assaillaient.

Puis il s'aperçut que sa bouche brûlait et qu'il avait horriblement soif.

Il se dirigea vers la cuisine. D'un modernisme agressif, elle aussi, d'autant plus inédite qu'on se trouvait en pleine campagne. C'était un univers d'inox. Des tables aux deux éviers en passant par les chaises et l'énorme frigidaire vaste comme une armoire et équipé d'une fenêtre transparente comme dans les supermarchés américains. Tout était en inox.

Il ouvrit le réfrigérateur d'où il sortit une bouteille d'eau minérale.

Puis il partit à la recherche d'un décapsuleur.

En vain. Il n'en trouva pas un seul dans les tiroirs de la cuisine.

Au bout de cinq minutes, il regagna la salle à manger, la bouteille toujours hermétiquement fermée à la main.

Il s'attaqua aux tiroirs d'un buffet tout en laque noir et aux formes design dans lequel se trouvait rangée l'argenterie.

Au fond de l'un des tiroirs, sa main ramena un objet

qu'il contempla longuement, au creux de sa paume, sans parvenir à maîtriser le tremblement qui l'envahissait des pieds à la tête.

Une montre.

Une montre Cartier avec des petits diamants incrustés. La montre que Francine prétendait avoir perdue sur la plage où ils avaient fait l'amour, la première nuit.

L'esprit en déroute, il s'avança vers le perron que frappaient les premiers rayons du soleil.

La journée s'annonçait torride.

*
**

Les deux petits yeux noirs de l'Allemand pétillaient, tout près de ceux de Mélina.

— Je vous ai tout dit, murmura-t-elle. Je vous le jure.

Le soleil traversait à présent l'antique fenêtre de sa chambre de l'*Hôtel du Cap* plaquant une longue barre d'or en travers du parquet poussiéreux.

— C'est inutile de jurer, murmura Conrad Gimbelhof.

Il se tourna vers sa compagne, toujours immobile dans le fauteuil et qui n'avait pas déserré les dents durant l'interrogatoire. Seul son sourcil gauche tressaillait étrangement, au-dessus de son regard vide et fixe, dans un visage de poupée de porcelaine.

— N'est-ce pas qu'on la croit ? interrogea Gimbelhof.

Elle eut un lent mouvement de la nuque, pour acquiescer, puis elle se leva.

— Maxence ? interrogea-t-elle. Tu as bien dit

Maxence. En dehors de toi, c'est le seul qui soit au courant ?

— Oui, Maxence, Maxence Charretan, haleta Mélina en suivant du regard la main de l'Allemande qui se rapprochait.

Au passage, à l'envers, elle put lire l'heure au poignet de la jeune femme, six heures trente exactement. Un soulagement immense l'envahit. Le policier avec qui elle avait rendez-vous n'avait pas la tête de quelqu'un qui pose des lapins ou qui est en retard, il allait débarquer, il allait la délivrer, la sauver...

Au-dessus d'eux, des volets claquèrent.

— Tu es belle, murmura l'Allemande dont la main atterrit sur l'épaule de Mélina.

Celle-ci tressaillit au contact des doigts glacés de l'inconnue.

— N'est-ce pas qu'elle est belle ? reprit l'Allemande.

Sa main glissait sur le chemisier en soie imprimée de Mélina. Elle sentit les doigts glacés s'insinuer dans son décolleté, lui effleurer un sein. Puis la main ressortit et descendit plus bas, gagnant le ventre.

— Allonge-toi, murmura l'Allemande.

Mélina se sentait comme la mangouste en face du cobra. Elle obéit, se laissa aller sur le lit, et la main de l'inconnue se posa, par-dessus sa jupe, à la hauteur de son sexe qu'elle commença à masser lentement.

— Tu n'as pas envie d'elle ? interrogea l'Allemande en se tournant vers son compagnon.

— Si, souffla Conrad Gimbelhof.

Puis il se pencha sur Mélina.

— Tourne-toi, dit-il sans brutalité.

Tandis qu'elle obéissait, elle entendit miauler le zip du pantalon de l'Allemand.

Puis il souleva sa jupe et il lui écarta les jambes. Et il y eut le crissement de son slip qu'il déchirait.

— Quel cul ! dit-il en riant. Un cul d'enfer !

Elle eut un sursaut parce que, au lieu de la pénétrer avec son sexe, il lui plantait un doigt dans l'anus très profond et très brutalement. Elle ne s'y attendait pas, elle eut un mouvement involontaire qui relâcha ses muscles.

L'homme en profita pour retirer son doigt qui fut instantanément remplacé par une verge qui lui parut exceptionnellement grosse et longue.

Elle poussa un léger cri de douleur tandis qu'il commençait à aller et venir.

— N'aie pas peur. Tu vas voir comme ça fait du bien, fit l'Allemande tout près de son visage.

Au bout de deux ou trois minutes de va-et-vient, le regard de Conrad croisa celui de Bettina.

Un long rasoir à la lame étincelante fut dans la main droite de celle-ci sans que Mélina l'ait vu apparaître. Le temps qu'elle ouvre la bouche pour hurler, le rasoir avait cinglé l'air. La lame, en lui entrant profondément dans le cou, trancha en même temps le cri qu'elle formait.

Bettina se recula pour éviter d'être arrosée par un long jet de sang.

Mélina eut deux ou trois soubresauts d'agonie. Très brefs. Mais qui eurent la vertu de resserrer ses sphincters les plus intimes à l'instant même où Conrad se délivrait en elle. Délicieusement serré par les muscles secrets de la jeune femme, il eut l'impression qu'il n'en finirait jamais de jouir.

Au rez-de-chaussée, derrière le comptoir de la réception de l'*Hôtel du Cap,* Boris secouait en vain le veilleur de nuit, sans même parvenir à interrompre ses ronflements.

— Aux grands maux, les grands remèdes, décida-t-il.

Il empoigna, sur le comptoir de la réception, une boîte de Kleenex. Il en roula plusieurs en boule et les enfourna dans la bouche de l'employé. Puis, avec le pouce et l'index, il lui pinça les narines. Résultat presque instantané : suffoqué, asphyxié, le veilleur de nuit jaillit en sursaut de son lit de camp.

— Excusez la méthode, murmura Boris, mais il y a cas de force majeure.

Puis il lui demanda, en exhibant sa plaque de policier, le numéro de la chambre de Mélina.

Ni lui, ni Murielle Mervaud, en passant devant la fenêtre du palier du premier étage, ne s'étonnèrent de voir celle-ci grande ouverte. La journée promettait d'être torride, et ça n'avait rien de surprenant qu'on essaie de rafraîchir l'hôtel en faisant des courants d'air.

De toute façon, Gimbelhof et Singen avaient déjà disparu.

Dès qu'ils avaient entendu une voix, au rez-de-chaussée, ils avaient pris la décision de s'enfuir par cette « sortie de secours » repérée tout à l'heure, en montant l'escalier.

Lorsqu'ils eurent regagné leur voiture, sur le parking du port, ils se regardèrent. Décomposés et muets.

Ils avaient tous deux reconnu la voix du flic qui, dix ans plus tôt, avait faillir les arrêter.

Boris Corentin.

Quelqu'un qu'ils avaient toujours rêvé, depuis, de

découper en tranches bien fines, parce que ses cris d'agonie seraient la plus douce de toutes les musiques.

Boris Corentin tourna sur lui-même, ivre de rage. Il se serait battu. A cause d'une saloperie de pneu crevé, tout à l'heure, il était arrivé dix minutes en retard à son rendez-vous avec Mélina.

Qui était morte. La gorge tranchée.

Pendant quelques instants, il regarda fixement et en silence le cadavre de la jeune femme, comme afin d'y puiser l'énergie qu'il allait lui falloir pour la venger.

Puis il pivota vers Murielle, blafarde et immobile.

— S'il te plaît, fit-il d'une voix tremblante, reste là. Moi, je descends à la réception. Je donne l'alerte par téléphone à tes collègues du Cap d'Agde et ensuite je file. Il y a urgence : cette pauvre fille m'avait parlé d'un ami à elle, un coiffeur, un certain Maxence qui, d'après elle, était également au courant des magouilles de Jumel.

Il se mordit les lèvres.

— S'ils l'ont torturée et qu'elle a parlé, il est lui aussi en danger, maintenant, ajouta-t-il.

Il zigzagua vers la porte.

— Tu veux bien ? Tu veux bien attendre auprès... auprès d'elle ? interrogea-t-il d'une voix blanche.

Murielle aussi avait du mal à parler.

— Je suis flic, articula-t-elle seulement.

En bas, à la réception, après son coup de fil au commissariat d'Agde, Boris traversait le hall de l'hôtel à grandes enjambées, l'esprit obnubilé par la menace qui pesait sur un homme. Un homme qui risquait sa vie s'il n'arrivait pas à temps.

CHAPITRE XVI

L'homme en question, à cet instant précis, « travaillait » ardemment une de ses clientes, une Hollandaise un peu trop grasse, mais jeune et fraîche, qui avait débarqué à la boutique aux environs de six heures du matin. Comme prévu.

Mais pas pour se faire coiffer, ni manucurer.

Non. Elle avait un besoin beaucoup plus urgent à satisfaire. Un gros, un très gros besoin de tendresse...

La Hollandaise poussa un petit cri parce qu'il s'enfonçait très profond en elle, vu leur position. Il était installé dans un des fauteuils, et elle à califourchon sur lui, jambes très largement écartées, cuisses bloquées par les accoudoirs du fauteuil.

Elle se cramponna à ses épaules tandis que, les mains crochées à sa taille, il la soulevait pour la faire retomber encore plus profondément sur lui.

C'était une fille aux formes vastes et au pubis d'un blond presque albinos. De temps en temps, elle se penchait en avant, elle écartait son propre sexe du bout des doigts pour mieux voir le membre qui l'empalait, et elle poussait des petits gémissements émerveillés, comme si elle n'en croyait pas ses yeux.

Elle se prénommait Hendrickje et elle avait raconté son histoire à Maxence. Deux jours plus tôt. Toute jeune mariée, depuis à peine quinze jours, elle était tombée sur un époux qui avait décidé de la convertir aux joies du naturisme. Résultat, ils faisaient leur voyage de noces, en France, en allant de camp nudiste en camp nudiste. Le seul ennui, c'est que son mari appartenait à la catégorie des naturistes purs et durs. Adepte du bronzage intégral certes mais aussi végétarien, non fumeur, non buveur, mangeur macrobiotique, et finalement très peu baiseur.

L'épouse frustrée, et pas vraiment convertie à la doctrine du retour à la Nature, vivait donc sa vie toute seule. Et prenait sa revanche en se tapant tous les hommes qui passaient à sa portée. Avec une préférence pour les petites heures de l'aube parce que c'était le moment où Peter, l'époux, dormait le plus profondément.

D'où ce rencart avec Maxence, à six heures du matin, dans son salon de coiffure désert.

Depuis un quart d'heure maintenant, elle galopait gaiement sur lui, sautant sur le dard qui la fouaillait, montant et descendant avec une ardeur qui faisait danser ses seins lourds aux pointes rose pâle. Ça, on pouvait dire qu'elle s'en payait, la jeune mariée ! Qu'elle s'offrait un voyage de noces à tout casser, sans le moindre remords vis-à-vis de l'époux qui allait rentrer à La Haye en pleine forme mais équipé d'une paire de cornes à en faire pâlir de jalousie tout un troupeau de cervidés.

Toujours cramponnée à ses épaules, la bouche entrouverte et la nuque cassée en arrière, elle accélérait le rythme de ses reins.

Brusquement Maxence entendit un bruit, du côté du rideau de fer.

Il essaya de le chasser de sa pensée, se concentrant sur le ventre de la Hollandaise qui palpitait autour de son membre. Le bruit recommença.

On frappait. Exaspéré, il tourna la tête en direction du rideau de fer.

— C'est fermé ! gueula-t-il.

On frappait de plus en plus fort.

Il accéléra lui aussi, se soulevant à grands coups de reins.

On continuait à frapper.

Hendrickje lâcha un cri plus strident, envahie par l'orgasme en sentant que Maxence jouissait par giclées saccadées, en elle.

Comme on continuait à frapper contre le rideau de fer, il se décida à aller répondre. Là, problème évidemment : dans le contexte du village naturiste de la Plage d'Or, il pouvait très bien ouvrir tout nu. Seulement voilà : il n'était pas que tout nu, il était aussi en érection, une splendide érection toute luisante et cramoisie qui se dressait en avant avec une fierté incontestable.

Et ça, c'était quelque chose qui, dans un camp naturiste, était encore plus sévèrement prohibé qu'ailleurs.

Il se ceignit donc les reins d'une serviette et se dirigea vers le rideau de fer, tandis que la Hollandaise s'asseyait dans le fauteuil qu'il avait quitté pour y cuver sa béatitude.

Le rideau métallique se souleva en grinçant légèrement. Il l'arrêta à mi-course, libérant une grande nappe de soleil qui coula dans le salon dont elle envahit un bon tiers.

Un grand type brun en polo noir se tenait devant lui, exhibant une carte de policier.

— Oui ? fit Maxence, d'instinct sur ses gardes.

— Je peux entrer ?

— Non, dit nettement le coiffeur. Qu'est-ce qui se passe ?

— C'est important, insista le policier. C'est même grave. Votre amie Mélina...

— Qu'est-ce qui lui est arrivé ?

— Elle vient d'être assassinée.

Maxence dut s'appuyer contre le rideau de fer pour ne pas tomber.

Après un instant de stupeur, il se glissa dans l'ouverture et ressortit à l'extérieur. La lumière crue du matin lui meurtrit les yeux, le faisant clignoter convulsivement des paupières.

— Assassinée, répéta-t-il d'une voix lente.

Il se mordait la lèvre inférieure comme un gosse qui fait un effort surhumain pour ne pas pleurer.

— C'était mon amie, reprit-il de la même voix étranglée.

— Je sais, murmura Boris Corentin. Et j'ai de bonnes raisons de penser que vous êtes aussi en danger.

Deux grosses larmes tombaient, bien droites, le long des joues du coiffeur.

— Moi ? Pourquoi ? balbutia-t-il.

Boris remua des épaules.

— C'est ce que je voudrais bien savoir, dit-il. Et le seul moyen pour y arriver c'est que vous me disiez ce que vous-même vous savez.

— Mais sur quoi ?

En quelques mots, Boris lui résuma ce que Mélina lui avait dit, dans sa loge de *La Levrette,* la nuit dernière, puis il évoqua rapidement la façon dont elle avait été tuée, en essayant de ne pas trop insister sur le détail de la gorge tranchée.

— Tout a commencé avec la mort de l'inspecteur Jumel, acheva-t-il. Et j'ai comme l'impression que ce n'était pas un accident. Il paraît que Jumel « protégeait » certaines boîtes de nuit, dont une tout spécialement, ici même...

Les yeux de Maxence étincelèrent à travers ses larmes.

— « Protégeait » ! s'exclama-t-il. On peut dire que vous avez le mot pour rire, monsieur l'Inspecteur. « Protégeait » ! En réalité. Il les tenait. Et solidement, croyez-moi ! Les proprios étaient pieds et poings liés !

Il raffermit sa serviette autour de ses reins. Précaution inutile : depuis l'annonce de la mort de Mélina, il n'avait plus aucune érection à dissimuler.

— Ecoutez, jeta-t-il, c'est en effet trop grave pour qu'on en parle comme ça en pleine rue. Donnez-moi dix minutes et je vous rejoins. Il y a un bistrot pas très loin, il doit être ouvert à l'heure qu'il est, ça s'appelle le *Clapotis*. Vous le trouverez facilement, vous tournez là-bas sur votre droite, puis à gauche et encore à gauche. Je vous y retrouve dans dix minutes. D'accord ?

— Je préfère vous attendre ici, murmura Boris.

L'autre eut une grimace contrariée. Du pouce, il désigna l'intérieur de sa boutique.

— Je n'étais pas seul, souffla-t-il.

Il toussota.

— Et elle est mariée, ajouta-t-il. Alors vous comprenez...

Boris eut une seconde d'hésitation.

— Bien, fit-il enfin à regret. Je vous attends là-bas.

Des mois et des mois plus tard, il devait encore regretter d'avoir prononcé ces quelques mots.

⁂

A présent, le soleil tapait comme en plein midi, et les premières guêpes commençaient à bourdonner.

Boris allongea les jambes sous la petite table ronde, à la terrasse du *Clapotis,* protégé des rayons brûlants par un parasol.

Sous ses yeux, la rue s'animait, et c'était un étonnant spectacle.

Des gens, hommes et femmes, ouvraient les fenêtres de leurs logements, dans les immeubles d'en face, et ils étaient nus. Des commerçants ouvraient leurs boutiques, et ils étaient nus. Les vendeuses d'un supermarché, vers la gauche, arrivaient pour prendre leur poste, et elles étaient nues. Les premiers clients et clientes débarquaient dans les magasins, et ils étaient nus. Et tout ce monde déambulait tranquillement, se croisait, se saluait, s'accostait, discutait de la pluie et du beau temps dans une ambiance d'autant plus étrange que tout désir, tout érotisme en semblait farouchement banni.

Le serveur mal réveillé qui avait apporté son café à Boris, à la terrasse du *Clapotis,* portait un tee-shirt et rien en dessous, ce qui fait qu'on pouvait difficilement détacher les yeux du tuyau de chair qui pendait placidement entre ses jambes.

— Nouveau au village ? avait-il demandé à Boris, surpris de le voir habillé.

Celui-ci avait répondu oui, pas la peine de se lancer dans des explications superflues.

Peu à peu, tandis que les minutes passaient, il avait

senti une gêne s'installer en lui. Car qui dit vêtu, dans un camp naturiste, dit automatiquement voyeur.

Boris, pour se donner une contenance, attrapa sa tasse de café vide et tourna machinalement sa cuillère dedans. Une famille passait, deux enfants et les parents, tous blonds comme les blés et bronzés à mort dans les moindres replis. Puis ce fut une petite brune aux fesses nues, mais portant une chemisette en haut. Puis une grande blonde, totalement dévêtue celle-là, dont le pubis aux poils dorés était si « transparent » qu'on apercevait la fente de son sexe parfaitement découpée et montant haut.

Pur réflexe d'homme à femmes, il la suivit avidement des yeux.

Jusqu'à l'instant où elle s'arrêta et se baissa pour relacer sa sandale, exhibant une paire de fesses majestueuses et assez ouvertes pour qu'il puisse apercevoir, entre les deux hémisphères, les muqueuses de son sexe d'un rose délicat.

C'était montré avec tant de naturel, tant d'innocence, qu'il arriva à Boris une chose stupéfiante : il rougit.

L'instant d'après, il se secoua et regarda sa montre.

Les dix minutes annoncées par Maxence étaient écoulées et il n'était toujours pas là.

Il régla sa consommation, puis se rua en direction du salon de coiffure.

Quand il parvint dans la rue où celui-ci se trouvait, il eut l'impression que son cœur manquait un battement.

Devant la vitrine de *Maxence Beauté,* un attroupement était en train de se former.

Coudes au corps, il se précipita au milieu du groupe de badauds, pour la plupart nus. Mais il savait déjà le spectacle qui l'attendait.

CHAPITRE XVII

Tout de suite après sa découverte, dans le vaisselier de la salle à manger, de la montre Cartier incrustée de diamants que Francine Sontag affirmait avoir perdue, Sarrazin était monté dans sa chambre.

Il fallait absolument qu'il réfléchisse. Il avait d'abord pris une douche glacée pour se rafraîchir les idées. Puis il avait enfilé des vêtements frais. Il avait failli s'allonger sur son lit, mais il savait que s'il s'installait dans cette position, il ne se relèverait plus, le sommeil le terrasserait.

Alors il était redescendu et avait gagné le vaste salon qu'on avait mis à sa disposition pour travailler.

Il avait passé une heure à méditer, la montre posée devant lui, sur la table, au milieu du fouillis de ses notes manuscrites et de ses brouillons.

Il dut s'assoupir car, lorsqu'il se réveilla en sursaut, le soleil avait bougé ; il envahissait maintenant la moitié de la pièce, et tombait comme du plomb fondu sur une partie de son bureau.

De très loin, lui parvenaient des bruits de casseroles et de vaisselle. La vieille Marthe devait être arrivée à *La Cardabèle.*

Il s'arracha à sa chaise et s'aperçut que sa chemise

était trempée de sueur. Malgré un mal de crâne qui lui martelait les tempes, il avait les idées plus nettes, à présent.

Ainsi Francine l'avait trompé !...

Elle lui avait fait croire qu'elle avait perdu sa montre sur la plage des Dunes la nuit où ils y avaient fait l'amour.

Et il l'avait crue.

D'autant plus qu'il y avait eu, ensuite, le coup de fil mystérieux annonçant une amorce de chantage.

Puis ce couple d'Allemands, ces faux touristes, hier après-midi, dans les vignes.

Et la photo polaroïd qu'ils lui avaient donnée avant de disparaître...

Francine était donc au cœur d'un complot qui le visait.

Mais pourquoi ? Dans quel but ? Il ne possédait aucune fortune, pas de biens personnels, rien que les droits d'auteur, certes confortables, que lui rapportaient ses scénarios, mais ça ne justifiait aucunement un chantage.

Il y avait certainement autre chose.

Ou alors, c'est lui qui déraillait.

Il n'y avait pas trente-six hypothèses, il n'y en avait que deux.

La première, il venait de l'envisager. La seconde, c'était que Francine n'était pas le moins du monde mêlée à cette histoire, qu'elle était sincère lorsqu'elle lui avait dit qu'elle avait perdu sa montre sur la plage, alors qu'en réalité elle l'avait oubliée dans un tiroir, et pourtant...

Tout cela ne collait pas.

A cause du coup de fil des deux Allemands et de la

photo. Il était impossible que Francine soit innocente de tout ce qui se tramait.

On pouvait retourner le problème dans tous les sens, ça ne marchait pas.

Le coup de la montre perdue faisait partie d'un plan. Sinon, même en imaginant l'épouse de Sontag parfaitement étrangère au chantage, comment le couple d'Allemands aurait-il pu savoir qu'elle croyait avoir perdu sa montre ?

Il revint se rasseoir devant l'écran éteint de sa machine à traitement de textes.

Et se remit à gamberger.

*
**

Les flashes des inspecteurs du service de l'Identité Judiciaire déchirèrent l'obscurité de ce qui avait été le salon de coiffure d'un certain Maxence Charretan.

Boris se détourna, hagard.

Il n'y avait pas un mais deux cadavres, sur le carrelage blanc du salon. Celui de Maxence, et aussi celui d'une jeune femme blonde aux formes généreuses dont l'identification avait demandé plus d'une demi-heure.

Maintenant, le mari de la Hollandaise était là, agenouillé près du corps de son épouse. Hagard lui aussi, blême, hoquetant de sanglots et gémissant un long chapelet de phrases dans une langue que personne d'autre que lui ne comprenait.

Maxence et la Hollandaise avaient été tués de la même façon que Mélina : la gorge tranchée. Profondément. D'une oreille à l'autre.

Boris déboucha dehors, au grand soleil, titubant comme s'il avait trop bu.

Et le cœur serré par une pensée, une seule : s'il avait refusé d'aller attendre Maxence là-bas, à la terrasse du *Clapotis,* le coiffeur ne serait pas mort.

De même que Mélina n'aurait pas été tuée s'il n'avait pas perdu de précieuses minutes à changer le pneu crevé de sa 505 GTI.

Bien sûr, il n'était pas réellement coupable, tout cela relevait de la faute à pas de chance, mais trois personnes étaient mortes dans des conditions atroces, deux femmes et un homme, depuis six heures du matin. Il était maintenant dix heures. En quatre heures, les tueurs avaient laissé trois cadavres sur leur passage.

Pourquoi les tueurs ?

Parce qu'ils étaient deux, il n'y avait pratiquement aucun doute. Témoignage formel du gérant de la boutique voisine de celle de Maxence, un magasin de lingerie féminine, ce qui ne manquait pas de sel étant donné l'endroit où on se trouvait. Il ne pouvait malheureusement pas décrire les tueurs, il ne les avait vus que de dos, ils étaient passés le long de sa boutique et s'il les avait remarqués, c'était à cause de leurs vêtements qui détonaient dans le décor. Tous deux étaient enveloppés de longs imperméables mastic. Ils marchaient vite, tête baissée, mains au fond des poches, comme des gens qui se retiennent pour ne pas courir.

Tout cela, le patron du magasin de lingerie fine l'avait raconté à Boris tandis que celui-ci attendait les inspecteurs du commissariat du Cap d'Agde, lesquels avaient prévenu à leur tour le SRPJ de Montpellier dont ils dépendaient.

Maintenant, tout le monde était là, la boutique

grouillait de policiers, et Boris en était à allumer sa quatrième Gallia au mégot de la précédente. Fou de rage contre lui-même, mais gardant malgré tout assez de présence d'esprit pour gamberger.

Les deux tueurs de Maxence et de la Hollandaise, cette pauvre fille coupable seulement, ça crevait les yeux, d'avoir été là où il ne fallait pas être au moment où il ne fallait pas et qu'on avait supprimée parce que les véritables tueurs ne laissent jamais de témoins gênants derrière eux, ces deux tueurs, donc, étaient des professionnels.

Les mêmes, bien entendu, qui avaient massacré Mélina. Après l'avoir obligée à parler, à dire tout ce qu'elle savait, et surtout à avouer qu'il y avait quelqu'un d'autre qui en savait autant qu'elle, sinon plus : Maxence, le coiffeur du village naturiste de la Plage d'Or.

Mais qui savait quoi ?

Les véritables motifs de la mort prétendument « accidentelle » de l'inspecteur Jumel ?

Boris passa machinalement les doigts sur son menton, où la barbe commençait à pousser drue.

Il eut brusquement une terrible envie de parler de tout ça avec Aimé Brichot qui devait se demander où il était passé.

Il se rua à l'intérieur du salon de coiffure et se dirigea vers le fond de la boutique à la recherche du téléphone.

Trois minutes après, à l'hôtel *Matago,* la voix d'Aimé Brichot résonnait dans le combiné.

Nerveuse.

— Boris, il y a du nouveau ! Où est-ce que tu étais fourré ? Je te cherche depuis deux heures !...

— Pour moi aussi il y a du nouveau, figure-toi, lâcha Corentin sur le même ton. Ne bouge pas, j'arrive !

CHAPITRE XVIII

Si Armella Trang-Duc ne s'était pas trouvée, à cet instant précis, à plus de huit cents kilomètres du Cap d'Agde, Boris l'aurait prise dans ses bras et embrassée à l'étouffer.

La « pédégère » des Editions du Bon Plaisir avait finalement pris tous les risques, elle s'était mouillée jusqu'au cou afin d'obtenir les renseignements que Boris et Aimé recherchaient. Et finalement, elle les avait eus.

Armella avait cherché à le joindre depuis la veille au soir. Elle l'avait d'abord appelé chez lui. Puis à la Brigade Mondaine, où elle était tombée sur le permanencier de nuit qui avait pour mission de répercuter sur Rabert et Tardet toutes les communications destinées à Boris ou à Aimé.

Le seul ennui, c'est que Rabert et Tardet étaient en planque, cette nuit-là, devant un hôtel particulier du XVIIe arrondissement où on subodorait depuis quelque temps que des messieurs très comme il faut organisaient des soirées assez spéciales avec des mineurs des deux sexes.

Rabert n'avait été joignable que vers huit heures

trente du matin. Il avait appelé immédiatement le Cap d'Agde et annoncé à Brichot qu'une certaine Armella Trang-Duc cherchait à les contacter, lui ou Boris.

La voix rauque et chaude de l'Eurasienne résonna dans le combiné.

— Tant que tu ne les auras pas arrêtés, Boris, je ne dormirai plus. Si tu savais la trouille que j'ai !...

— On va les serrer, assura Boris. Je ne sais pas encore quand ni où, mais je te jure que, cette fois, on va les avoir. En attendant, reprit-il, ce serait quand même plus prudent si tu te mettais au vert quelques jours... Tu n'as pas un endroit où aller ? À la campagne, par exemple, chez des amis ?...

— J'y ai déjà pensé, répondit Armella. J'ai pris mes dispositions, figure-toi, je tiens à ma santé !

Elle murmura tout doucement.

— Sois prudent, toi aussi.

Lorsqu'il eut raccroché, il se leva et marcha jusqu'au balcon. Le soleil tapait rageusement sur la folie bétonnière du Cap d'Agde maquillée façon « Provence typique ».

Il se retourna vers Aimé Brichot.

— Tu crois aux coïncidences, Mémé ? demanda-t-il.

Aimé Brichot était en train d'essuyer ses verres de lunettes avec une peau de chamois.

— Jusqu'ici pas vraiment, répondit-il. Mais là, je dois avouer... D'ailleurs, c'est encore plus fort qu'une coïncidence. C'est presque un miracle, non ?

Boris Corentin se rembrunit, revoyant les cadavres de Mélina, de Maxence et de la Hollandaise, tous trois gorgé tranchée.

— Ça dépend pour qui, fit-il.

— Je sais, murmura Brichot. Mais ce n'est pas ça que je voulais dire. Ecoute. Avant que Baba ne nous mette sur cette affaire de flic pourri, on était en train d'essayer de loger Gimbelhof et Singen, non ? Lorsque nous sommes partis de Paris, tout ce que nous savions c'est qu'ils avaient pris la direction du Midi, et le Midi c'est grand... Et voilà qu'Armella Trang-Duc nous balance tranquillement qu'ils sont ici, au Cap d'Agde, tous les deux ! C'est ça que j'appelle un miracle, même si ce n'est pas exactement le mot...

Boris alluma une Gallia.

— Le plus curieux, c'est qu'ils sont à l'origine de notre présence ici, dans la mesure où la mort faussement accidentelle de Jumel, c'est eux, il n'y a plus aucun doute maintenant. Du boulot de professionnels, entre parenthèses, et qui aurait pu passer pour un véritable accident s'il n'y avait pas eu tous ces soupçons sur les activités occultes de Jumel. L'assassinat de Mélina et de Maxence, ainsi que celui de la Hollandaise, c'est eux aussi, c'est signé. La seule question, maintenant, les concernant, c'est : à qui le tour ?

Brichot secoua la tête.

— Leur contrat s'arrête peut-être là ?

Boris tapota la cendre de sa cigarette par-dessus la rambarde métallique du balcon.

— M'étonnerait, fit-il après un silence. Quand on commence à effacer les témoins gênants, on ne peut plus s'arrêter...

Il retraversa la chambre et s'empara du téléphone qu'il décrocha.

— Le plus urgent, de toute façon, c'est de découvrir l'identité de celui qui leur a offert ce « contrat ». Ça ne doit pas être absolument impossible puisqu'ils ont parlé, d'après Armella, d'un patron de boîte de nuit.

Ce qui, je te le signale, ne fait que confirmer nos soupçons...

Il s'interrompit pour s'adresser à la réceptionniste de l'hôtel.

— Pourriez-vous me passer, s'il vous plaît, le commissariat ? Oui, c'est urgent. Merci.

De l'index, Brichot se grattait la moustache.

— Qu'est-ce que tu fais ? interrogea-t-il.

Boris rebroussa de la main ses boucles noires.

— Pour commencer, il nous faut les identités de tous les patrons des discothèques du coin. Ça, Murielle doit être en mesure de nous les fournir.

— On ne va quand même pas aller loin, jeta Brichot. Tu ne nous vois pas en train d'interroger tous les types qui dirigent des boîtes de nuit dans la région ?

Boris secoua la tête en souriant.

— Réfléchis un peu, Mémé. Le gars a fait venir des tueurs des Etats-Unis, et pas n'importe lesquels, des champions dans leur catégorie. Souviens-toi des renseignements qu'Interpol nous a fournis : là-bas, sur la Côte Ouest, Gimbelhof et Singen occupent un rang envié dans la « hiérarchie » de la Mafia. S'ils ont pris le risque de revenir en France, malgré leur passé, c'est qu'on leur en a donné l'ordre. Le genre d'ordre que même des tueurs ne peuvent pas refuser. D'accord, il y a la perspective du fric. D'accord aussi, il y a le défi, le plaisir de faire un bras d'honneur à la police française en venant la narguer sur son propre terrain... Mais tout cela n'aurait pas suffi à les ramener chez nous. Il a fallu autre chose de bien plus puissant. Un ordre venu d'en haut, d'un de leurs patrons probablement. Lequel, si je ne me trompe pas dans mon raisonnement, a voulu rendre service à quelqu'un. En France. Un ami français... Tu vois où je veux en venir, Mémé ?

Brichot hocha la tête.

— Je crois, oui.

— Dès que nous aurons les identités des patrons des discothèques du coin, on appelle Paris. Et là-bas, ils ont intérêt à faire fonctionner à plein rendement et en priorité l'ordinateur de la PJ (1). Il faut qu'ils cassent la baraque et qu'ils nous trouvent un maximum de renseignements sur les bonhommes en question. Il y en aura bien un, dans le tas, qui aura été en contact avec des Américains récemment, soit parce qu'il aura fait des voyages aux Etats-Unis, soit autrement... Et je te parie tout ce que tu veux que ce sera notre homme.

Il s'interrompit de nouveau. Au bout du fil, il avait le commissariat du Cap d'Agde.

Il demanda Murielle Mervaud.

***

Jean-Paul Sarrazin se rejeta en arrière, la nuque contre le dossier du canapé de cuir noir.

Suffoqué.

Après le déjeuner, Alexandre Sontag était monté faire la sieste. Francine avait annoncé qu'elle se rendait à la piscine. Quant à Sarrazin, il s'était enfermé dans le grand salon transformé pour lui en bureau.

Cinq minutes après, on grattait doucement à la porte, et le visage de Francine passait par l'entrebâillement.

Il ne lui avait rien dit, il l'avait laissée jouer toute sa comédie sans l'interrompre. Regardant évoluer sous ses

(1) Tous les renseignements informatiques sur les individus sont centralisés sur ordinateur au Centre Electronique de Gestion et de Traitement de l'Informatique (CEGETI) des services techniques de la Préfecture de Police, 4 rue Jules-Breton, Paris, 75013.

yeux son corps merveilleux, ce corps qui le révolutionnait depuis la nuit où il l'avait possédée pour la première fois.

Mais maintenant, ses sentiments avaient changé. Elle lui faisait horreur et envie en même temps.

Affalé dans le grand canapé de cuir noir, il avait simplement dit :

— Viens.

Elle l'avait regardé, surprise par cet ordre inhabituel. Mais elle n'avait pas perdu de temps à s'étonner, elle s'était précipitée, elle s'était littéralement traînée à quatre pattes. Et maintenant, de ses dix doigts avides, à genoux entre ses jambes, elle lui déboutonnait sa braguette, elle le dégageait du pantalon, elle avançait la langue pour le lécher tout du long avec gourmandise.

Il haleta, luttant contre l'excitation qu'elle provoquait en lui. Puis il l'interrompit, lui bloquant la tête à deux mains :

— Une cigarette, dit-il. J'ai envie d'une cigarette.

Elle le regarda, les yeux un peu vitreux, hésitante à nouveau. Elle finit par se relever.

— Sur la table, dit-il. Il doit y avoir un paquet entamé.

Elle chercha quelques instants.

— Je ne vois rien.

— Cherche mieux.

Elle déplaça quelques papiers, fouilla partout sans succès.

— Je t'assure que je ne vois rien.

Sarrazin, alors, prit l'air du type à qui la mémoire revient brusquement.

— Excuse-moi, je me rappelle maintenant que j'avais terminé mon paquet. Mais il doit y en avoir un autre là-bas, dans un des tiroirs de la commode.

Il désignait un des meubles du salon, l'un des rares meubles anciens de la propriété, une grosse commode ventrue et marquetée de style Louis XV.

Dans laquelle il n'y avait pas le moindre paquet de cigarettes. Mais où il avait disposé, bien en évidence, la montre de Francine.

La fameuse montre Cartier prétendument perdue sur la plage.

Il l'entendit fourrager dans le premier tiroir.

Puis elle s'attaqua au second.

La montre se trouvait dans le troisième. Si, contre toute évidence, elle était innocente, elle n'allait pas pouvoir s'empêcher de pousser un cri de surprise en découvrant là cet objet qu'elle croyait avoir perdu, plusieurs jours auparavant, sur le sable d'une plage.

Sarrazin eut l'impression que son cœur s'arrêtait.

Il ne voyait pas le visage de Francine, elle lui tournait le dos. Il savait seulement qu'elle était en train de regarder la montre. Sa montre.

Elle resta un instant immobile.

Puis elle referma lentement le tiroir.

— Je t'assure que je ne trouve rien, dit-elle d'une voix neutre avec un air de sincérité auquel on aurait donné le bon Dieu sans confession.

Elle revint s'agenouiller entre les jambes de Sarrazin. Et de nouveau, langue tirée vers son ventre, elle entreprit de continuer ce qu'il avait interrompu.

Il la bloqua de nouveau, mais plus brutalement.

— Tu ne me remercies pas ?

— De quoi ?

— D'avoir retrouvé ta montre.

Il devina l'éclair de rage qui striait les prunelles de la jeune femme. Mais elle parvint à se maîtriser.

— Je peux tout t'expliquer, murmura-t-elle.

Il était en train de se reboutonner.

— Ah oui ? Eh bien je t'écoute.

Il se cala dans le canapé, un sourire ironique aux lèvres.

Douée comme elle était pour le mensonge, son récit promettait d'être divertissant.

*
**

Un œil démesurément agrandi, l'autre fermé, Alexandre Sontag retenait son souffle.

Un reste de son ancienne tendresse pour Francine l'envahit. Cette petite salope ne se défendait pas mal du tout.

Il y avait trois cabinets de toilette, à *La Cardabèle,* sans compter bien sûr les salles de bains. Celui où s'était enfermé à double tour le patron de *Mégamédia,* au rez-de-chaussée, avait un mur commun avec le salon qui avait été affecté à Sarrazin en tant que bureau.

Et, comme la plupart des autres pièces de la maison, ce local était truqué.

Le patron de *Mégamédia* avait soulevé l'un des grands carreaux blancs qui garnissaient les murs. A l'intérieur, pas de ciment, pas de brique, rien. Une niche au fond de laquelle avait été fixé un œilleton. Du genre de ceux que l'on pose sur les portes d'entrée des appartements pour identifier les visiteurs avant d'ouvrir.

C'est ainsi que, depuis des jours et des jours, Sontag observait Sarrazin lorsqu'il se trouvait seul avec Francine.

Le grossissement déformant de la lentille rendait

leurs ébats encore plus extraordinaires, encore plus excitants si c'était possible.

Avec cette conséquence merveilleuse, pour Sontag, qu'à chaque fois il bandait. Ce qui ne lui arrivait pratiquement plus jamais depuis des années.

Il n'avait pas trente-six moyens d'atteindre l'érection, il n'en avait qu'un : voir son épouse possédée par un autre homme.

A sa grande surprise, il n'avait pas eu tellement de difficultés à faire accepter cette situation à sa femme. Il avait commencé par enquêter discrètement et par s'apercevoir qu'elle avait de nombreuses aventures clandestines. Ce dont il ne pouvait honnêtement la blâmer, après tout, étant donné qu'il la délaissait depuis longtemps.

Il lui avait alors carrément proposé d'ajouter un supplément de perversité à ses infidélités conjugales en faisant l'amour sous ses yeux.

Et Francine avait tout de suite accepté. Secrètement soulagée de ne plus avoir à se cacher avec ses amants et de s'assurer la complicité de son mari qui ne pourrait plus désormais lui reprocher ses écarts de conduite.

Avant Sarrazin, il avait eu le plaisir d'observer Francine avec deux ou trois autres types, dans la discothèque dont il était le propriétaire mais où personne ne le connaissait autrement que sous le nom de Lucien Godemert. Un système compliqué d'actionnaires, de sociétés et de cessions de parts en blanc protégeait presque complètement son anonymat. Pas totalement, bien sûr, mais il aurait fallu être vraiment fouille-merde pour découvrir qui était le véritable patron. Malgré les précautions qu'il avait prises, l'inspecteur Jumel y était pourtant parvenu.

Il le revoyait, l'année dernière, au mois d'août face à lui dans son bureau de la discothèque.

Venu lui annoncer que les policiers du Cap d'Agde allaient entreprendre de grandes opérations d'assainissement des mœurs dans les boîtes du littoral et que les trois qui lui appartenaient, *La Levrette,* mais aussi le *Show* et les *Follies,* étaient particulièrement visées, étant donné ce qui s'y passait chaque nuit...

Sontag avait commencé à protester, à soutenir qu'il s'agissait de rumeurs malveillantes et sûrement pas fondées, qu'il n'y avait ni échangisme ni partouzes dans ses établissements.

Alors Jumel avait attrapé une chaise et il s'était installé face au patron à califourchon, les avant-bras sur le dossier.

— Je crains de m'être mal fait comprendre, avait-il dit. Je ne suis pas ici pour vous faire la morale, mais pour vous proposer une affaire.

— Une affaire ?

— Une association, si vous préférez.

L' « association » était simple : c'était la tranquillité de Sontag contre une certaine somme versée chaque mois sur un compte à numéro que Jumel possédait dans une banque suisse.

En échange, le flic pourri tenait au courant les responsables des boîtes de Sontag des éventuelles visites de la police.

La situation aurait pu en rester là pendant des années, mais Jumel avait un gros défaut. Intelligent, sans doute, mais également gourmand. Trop. Et c'est cette gourmandise qui allait le perdre.

Il était revenu voir Sontag un mois plus tôt, en juillet. Il était allé droit au but. Selon ses propres mots, il souhaitait changer les termes de leur contrat. Il avait sorti un papier de sa poche et l'avait posé sous les yeux de Sontag en le dépliant soigneusement.

C'était une sorte de schéma, un organigramme en quelque sorte, représentant l'ensemble des sociétés fantômes montées par Sontag.

— Officiellement, avait dit Jumel, vous êtes à Paris le patron de deux boîtes de productions de feuilletons télé, et il ne tient qu'à vous que tout le monde continue à le croire.

Sontag avait examiné l'organigramme. Jumel était parfaitement renseigné. La liste des sociétés fantômes était complète, avec leurs relations complexes et enchevêtrées indiquées en marge.

— Combien ? avait-il demandé.

Jumel avait souri.

— Vous me prenez pour un petit truand de bas étage, avait-il murmuré sourdement. Vous faites fausse route. Ce que je veux c'est une véritable association, cette fois, avec cession d'un certain nombre de vos parts à une société que je vous indiquerai. Disons, vingt pour cent de l'ensemble, ça me paraît raisonnable, n'est-ce pas ?

Il aurait demandé dix pour cent, Sontag aurait sans doute cédé. A vingt pour cent, c'était du racket pur et simple.

Le soir même, Sontag contactait à New York un certain Don Pirello. Quelqu'un qui ne pouvait rien lui refuser depuis qu'il lui avait rendu de précieux services en l'aidant à s'emparer de plusieurs groupes européens de productions télévisée et vidéo. Don Pirello appartenait à l'Organisation, bien entendu, la seule, la vraie. La Mafia. Laquelle en ce moment, aux Etats-Unis et ailleurs, investissait à tour de bras dans l'audiovisuel.

Les tueurs envoyés par Don Pirello pour liquider

Jumel avaient débarqué en France trois semaines plus tard.

Le montage de la mort « accidentelle » du flic pourri avait été préparé minutieusement.

En mettant Francine à contribution.

Sous la menace de la renvoyer d'où elle venait, c'est-à-dire du trottoir, si elle ne marchait pas dans la combine.

Sarrazin aussi avait été mis à contribution. Mais lui sans le savoir, bien entendu.

Et tout s'était déroulé comme on l'avait prévu. Francine avait dragué le scénariste, elle avait fait l'amour avec lui, elle l'avait emmené sur la plage des Dunes, puis elle s'était enfuie après un simulacre de dispute.

Il n'y avait pas eu d'accident, bien sûr. Gimbelhof et Singen avaient assommé Jumel puis, avec leur propre voiture, ils lui étaient passés sur le corps.

Francine s'était contentée d'amocher contre le tronc d'un arbre la Sunny SLX de Sarrazin pour rendre l'accident plus convaincant et pour affoler le scénariste.

Normalement, les choses auraient dû s'arrêter là. Les recherches de la police locale n'auraient pas abouti et Sarrazin serait rentré à Paris bourrelé de remords d'avoir trahi son patron en sautant l'épouse de ce dernier. Et persuadé qu'avec sa voiture, Francine avait renversé un policier.

Sontag y gagnait un collaborateur d'autant plus dévoué que culpabilisé. D'où le pseudo-chantage ensuite, avec l'histoire de la montre perdue sur la plage.

Si tout avait déraillé, c'était à cause des deux flics trop malins venus de Paris.

Il avait fallu remettre ça en tuant Mélina. Puis Maxence, le coiffeur.

Et maintenant...

Sontag serra les poings. Dans la lentille déformante de l'œilleton, la silhouette agrandie de Francine évoluait à travers le salon. Elle était en train d'achever de débiter sa petite histoire.

« Maintenant, songea Sontag, il y a ce crétin de Sarrazin qui a découvert la montre et qui commence à se douter qu'il a été arnaqué du début à la fin... »

Francine se démenait, pourtant, elle racontait une histoire invraisemblable. Oui, il y avait bien un chantage, disait-elle. Mais à l'origine, c'était elle qui était visée. On avait découvert qu'elle avait des liaisons extraconjugales et on la menaçait de tout raconter à son mari si elle ne s'arrangeait pas pour le faire cracher des sommes énormes.

— Et cette histoire de montre perdue ? était en train de l'interroger Sarrazin.

— C'est eux aussi, répondit Francine. Ils voulaient que tu fasses pression sur moi, que tu t'affoles et qu'on soit tous les deux dans le bain... Ils m'ont forcée à photographier ma montre, puis à la cacher et à te faire croire qu'elle avait disparu...

— Et l'accident ? demandait Sarrazin.

— Ça, c'est le truc que personne n'avait prévu, mentit Francine. Je me suis affolée, je n'ai pas vu ce type dans la nuit, et je l'ai renversé.

Elle se précipita vers le scénariste et tomba à genoux.

— Oh, chéri ! Qu'est-ce qu'on va devenir ? Tu ne connais pas Alexandre ! S'il découvre notre liaison, il me jettera dehors ! Il n'hésitera pas un instant. Je me retrouverai sans fric, sans rien. A la rue !

Sontag se recula doucement, attentif à ne pas faire de bruit. Il n'y avait pas de doute, cette petite salope de Francine ne se démerdait pas mal du tout.

Malheureusement, Sarrazin n'était pas assez idiot pour la croire.

Il allait donc falloir l'effacer, lui aussi.

Et ça, ce n'était pas son boulot, c'était celui des deux tueurs qui attendaient de ses nouvelles dans la villa louée pour eux sur la côte, à Valras.

Il replaça le carreau de grès truqué, dans le cabinet de toilette, puis quitta silencieusement cette pièce.

Quand il eut gagné sa chambre, au premier étage, il décrocha le téléphone. Après une brève conversation, il raccrocha le combiné et s'allongea sur son lit. Par terre, il y avait des tas de livres en vrac. Des romans qu'il était censé examiner durant l'été pour voir s'il n'y en aurait pas, dans le tas, qui seraient susceptibles d'une adaptation télé. Il en attrapa un. Un « polar ». Le genre qu'il préférait. Celui-là s'appelait *Délit de fuite,* il l'avait lu au moins dix fois, il le connaissait pratiquement par cœur. Il y avait même puisé quelques idées de départ, quand il avait dû entreprendre de monter la mise en scène de la mort de Jumel.

Au bout de quelques pages, ses paupières s'alourdirent. Saïd, son employé de *La Levrette,* l'avait raccompagné vers l'aube à Bellesource et sa nuit avait été plutôt courte.

Il s'endormit en se répétant que, dans quelques heures, il aurait réglé tous ses problèmes.

CHAPITRE XIX

Boris Corentin agita le bout de papier sur lequel il venait de griffonner quelques mots sous la dictée de Rabert, au bout du fil, là-bas, dans le bureau des Affaires Recommandées de la Brigade Mondaine.

— On a tout ! lança-t-il presque gai.

Il retraversa la chambre attribuée à Aimé Brichot à l'hôtel *Matago*. Ils ne l'avaient pas quittée depuis des heures. La nuit venait de tomber et, du côté du port, au loin, un vacarme d'embouteillage avec concert rituel des klaxons s'élevait.

— Raconte, fit avidement Brichot.

Boris vint s'asseoir sur le bord du lit.

— Pour commencer, tu ne trouves pas qu'il fait soif ? interrogea-t-il. Tu n'as pas quelque chose, dans ton frigidaire, à nous donner à boire ?

Murielle Mervaud s'arracha la première à son siège.

— Ne bougez pas, fit-elle. Je vais voir.

Elle les avait rejoints trois heures plus tôt à l'hôtel. Avec une interminable liste de noms : ceux des patrons et des gérants des discothèques du Cap d'Agde et de ses environs.

Elle revint avec trois flasques de whisky et des verres.

Elle posa le tout sur une petite table, près de la fenêtre, puis retourna chercher des glaçons.

— Alors ? réinterrogea Brichot.

Boris écouta le tintement d'un glaçon qui tombait au fond de son verre.

— C'est quand même beau l'électronique, dit-il enfin. Grâce aux ordinateurs de la PJ, on sait qui Jumel faisait chanter.

Il avala une gorgée de whisky.

— Un certain Sontag. Alexandre Sontag. Un type qui a une double casquette, figurez-vous. A Paris, il est P-DG de deux sociétés de productions de films pour la télé, et ici il possède trois boîtes de nuit. Toutes les trois dans le village naturiste de la Plage d'Or. Jamais fermées par la police. N'est-ce pas, Murielle ?

— Jamais, en effet, acquiesça la jeune femme.

Brichot s'humecta la moustache dans son verre de whisky.

— Et il crèche où, ce bonhomme ?

— On a ses deux adresses. A Paris, bien sûr, mais aussi dans la région où il possède une résidence secondaire. *La Cardabèle.* C'est sur la commune d'un petit village qui s'appelle Bellesource.

Murielle intervint.

— Je vois où ça se trouve. C'est dans l'arrière-pays, à une quarantaine de kilomètres, près de Clermont-l'Hérault.

Brichot reposa son verre.

— Qu'est-ce qui te fait dire qu'il s'agit bien du type que nous recherchons ?

Boris sourit.

— Souviens-toi de mon raisonnement de ce matin, Mémé. Gimbelhof et Singen ont débarqué des Etats-Unis pour faire leur sale boulot ici. Il est donc logique

que celui qui les emploie soit en contact avec des Américains. Or, je viens d'apprendre que Sontag a fait cinq voyages à New York et à Los Angeles durant ces trois dernières années. D'autre part...

Il avala une nouvelle gorgée de whisky.

— D'autre part, reprit-il, Rabert a eu l'idée de contacter la Brigade Financière. Il paraît que Sontag fait actuellement l'objet d'une enquête fiscale. Bien entendu, rien n'est encore certain à cent pour cent, mais il semblerait qu'il a créé un certain nombre de sociétés-écrans derrière lesquelles il se cache. En particulier la *Valmount Corporation,* une société américano-panaméenne qui a signé avec ses sociétés parisiennes, *Téléplus* et *Mégamédia,* un contrat pour — je cite — « promouvoir, vendre, louer et distribuer » les enregistrements vidéo des films que les sociétés en question produisent. La *Valmount Corporation* reçoit, pour ce travail, un « salaire » annuel de cent mille dollars, c'est-à-dire six cent mille francs environ, réglés sur le compte d'une banque de New York. D'après la Brigade Financière, les crédits du compte de la *Valmount* constituent la majeure partie des ressources dont Sontag dispose à l'étranger.

Il se reversa un peu de whisky.

— Bien entendu, mon hypothèse est peut-être totalement fausse. Mais si je ne me suis pas trompé, notre homme s'appelle donc Alexandre Sontag.

Il remua des mâchoires.

— Et c'est pour lui que Gimbelhof et Singen ont déjà tué trois fois depuis leur réapparition en France. Sans parler de la Hollandaise qui se trouvait là par hasard.

Brichot réfléchit.

— Admettons, dit-il. On fait quoi maintenant ?

Boris consulta sa montre. Vingt et une heures passées.

— On est en dehors des heures légales et mon hypothèse vaut ce qu'elle vaut, mais c'est la mienne. Par ailleurs, Sontag est le seul fil qui nous relie aux tueurs. Si on les laisse filer une deuxième fois, je m'en voudrai toute ma vie…

Brichot se leva.

— Conclusion, on débarque chez ce Sontag, c'est bien ça ?

Boris se leva à son tour.

— Tu ne m'as pas bien compris, Mémé, corrigea-t-il. J'ai dit : C'est mon hypothèse. Donc j'y vais seul. S'il y a une bavure, je l'assume, un point c'est tout.

Aimé Brichot s'avança.

— On est dans le même bain, jeta-t-il. Figure-toi que Gimbelhof et Singen, ça me démange depuis longtemps, moi aussi, de voir leurs sales gueules au bout du canon de mon revolver.

Murielle Mervaud se leva également.

— Je vous accompagne, dit-elle d'une voix très calme. Non ! N'essayez pas de m'en empêcher. Je vous rappelle que tout a démarré à cause d'un policier pourri, et que s'il y a quelqu'un qui a le droit de laver l'honneur de la police de la région, c'est moi.

Boris hésita un instant.

— Très bien, dit-il enfin. Alors on y va.

CHAPITRE XX

Par la porte-fenêtre grande ouverte, les herbes et les feuillages du parc de *La Cardabèle* dégageaient leurs essences, comme des suées de sève alourdies par la canicule de la journée qui venait de s'achever.

Francine se sentait épuisée.

Elle avait passé des heures à essayer de convaincre Sarrazin de son innocence. Du moins à écarter ses plus gros soupçons. Avec une seule idée en tête : empêcher à tout prix le scénariste de se douter que Sontag était à l'origine du complot.

Il y avait en effet un point, au moins, sur lequel elle n'avait pas menti : la menace d'Alexandre, son mari, était précise. Si l'opération foirait à cause d'elle, il la virait. Il n'aurait aucune peine à obtenir le divorce à ses dépens à elle : il avait accumulé assez de preuves de son infidélité, au cours des années, pour n'avoir aucune pension alimentaire à lui verser.

Elle était presque arrivée à embobiner Sarrazin, elle en était sûre. Elle avait réussi à faire vaciller ses certitudes. Et puis, quand elle l'avait « jugé à point », elle s'était rapprochée de lui, et elle l'avait enlacé.

Il avait essayé de la repousser, mais il y avait cette

odeur puissante de féminité chaude qui montait d'elle, ce parfum fauve de son ventre qui se collait contre lui, ce cul magnifique sur lequel il ne pouvait empêcher ses mains de glisser, ces seins qui s'écrasaient contre sa poitrine. Il ne se faisait pas d'illusions, elle était pourrie jusqu'à l'os, et elle n'avait pas arrêté de lui mentir toute la journée. Mais la vérité, ce n'était sûrement pas par elle qu'il avait la moindre chance de la découvrir.

Alors, pourquoi pas une dernière fois ? Oui, il avait pensé : « Une fois encore... La dernière... » C'était juré, après ce soir, il ne la toucherait plus. Plus jamais. Mais il la lui fallait une dernière fois, il lui fallait le sillon de ses fesses, le contact de sa chair contre la sienne, et cette bouche aux lèvres écartelées autour de son membre...

« Une dernière fois, oui... Une dernière fois »...

Marthe allait bientôt agiter la cloche donnant le signal du dîner et c'était une folie, il le savait, de la laisser faire ce qu'elle faisait ici, au beau milieu de ce salon qui était censé être son bureau de travail... C'était une folie, mais il était incapable d'y résister. Le désir était en lui comme une brûlure, un incendie.

Il la lui fallait pour la dernière fois.

Ils n'avaient pas allumé. La pièce était à présent plongée dans la pénombre, avec pour seule source de lumière les rayons de la lune filtrant à travers les frondaisons des pins parasols.

Il regarda Francine. Ses lèvres luisaient, ses yeux étincelaient. Elle sourit et, pour la première fois, il aperçut ses canines étrangement pointues. « Une louve », pensa-t-il, brusquement conscient du danger que cette fille représentait pour lui depuis le début...

Elle était au-dessus de lui, maintenant. Elle l'avait fait s'allonger sur le canapé de cuir noir et elle l'avait enjambé. Puis à cheval sur lui, elle avait abaissé lentement son ventre vers le sien, une main glissée entre ses cuisses pour le diriger au bon endroit.

Sarrazin ferma les yeux pour mieux savourer le paradis de tiédeur et d'humidité où il pénétrait. Francine était complètement empalée à présent. Elle ne bougeait plus. Seule, le long de son cou et sur sa poitrine, une goutte de sueur suivait lentement un chemin capricieux.

Il y eut un petit bruit derrière eux, mais ils ne l'entendirent pas.

Alexandre Sontag avait ouvert puis refermé la porte du salon le plus doucement qu'il pouvait.

Sarrazin rouvrit les yeux, et ce fut comme si une locomotive de TGV lui fonçait dessus à la vitesse maximale.

Sontag se tenait devant eux, massif, énorme dans sa chemise Lacoste jaune et son habituel short rayé vert et jaune.

Le premier réflexe de Sarrazin fut de se dégager. Mais il remarqua autre chose. Le sexe de Sontag émergeant du short, dressé tout droit, énorme et rouge, et que le patron de *Téléplus* caressait en les regardant.

Sans cesser de sourire.

Francine ne l'avait pas encore vu. Les yeux mi-clos, elle commençait à aller et venir, dansant du bassin au-dessus du scénariste en haletant.

Pétrifié, il vit le patron de *Téléplus* contourner sa femme et s'installer derrière elle. Par-dessus ses cheveux blonds ébouriffés, il adressa à Sarrazin un clin d'œil qui le glaça.

Presque au même instant, deux silhouettes s'encadrèrent dans l'embrasure de la porte-fenêtre, venant du jardin.

Un homme et une femme.

L'homme tenait à la main un revolver. Un P38. Mais il ne le dirigeait vers personne en particulier, c'était simplement un avertissement. Une menace au cas où...

Et Sarrazin, béant, reconnut l'étrange couple de la séance de photos, dans les vignes, la veille.

Francine galopait à présent sur le membre qui l'empalait. Haletante d'une respiration de plus en plus sifflante. A chaque fois qu'elle retombait sur lui, leurs cuisses claquaient l'une contre l'autre et elle poussait un léger cri.

Tout doucement, les mains de Sontag se posèrent sur sa nuque et, d'une pression féroce, la contraignirent à se pencher en avant. Elle eut un sursaut, un mouvement de surprise vite réprimé.

Déjà Sontag s'était installé derrière elle. Sarrazin devina qu'elle creusait les reins pour mieux s'offrir. Il sentit son bassin qui s'immobilisait. Il y eut un instant où Sontag chercha son chemin.

Puis un ébranlement puissant les fit vibrer tous les trois.

Sontag s'enfonçait entre les fesses de Francine.

Elle le laissa entrer et sortir plusieurs fois, puis elle prit la direction des opérations, et, roulant des hanches, courbée en avant, croupe écartelée, se mit en devoir de synchroniser leurs mouvements.

***

Boris s'immobilisa à l'entrée de la grande allée de chênes-lièges conduisant à la propriété d'Alexandre Sontag.

— Mémé, fit-il, tu es marié et tu as trois enfants. Si les choses tournent mal, je préférerais être seul à devoir me recycler dans le civil.

Aimé Brichot était en train de s'assurer que son RMR Spécial Police était bien passé dans la boucle *ad hoc* à sa ceinture, sur le côté droit.

— Arrête de déconner ! grogna-t-il.

Boris n'insista pas. Ni auprès de Murielle qui marchait derrière eux et dont il entendait les sandales effleurer le sol de gravillons et le sable.

Il savait que c'était inutile.

Ils recommencèrent à progresser en silence.

Tout au bout de l'allée, là-bas, les rectangles des fenêtres illuminées se découpaient dans la nuit.

C'était pile ou face. La bavure ou le triomphe...

*
**

Alexandre Sontag croisa ses cuisses velues et larges comme des jambons.

— Nous avons peu de temps, cher ami, et il est trop tard pour que je vous explique en détail toute cette histoire...

Il eut un petit mouvement du menton vers les deux tueurs, toujours immobiles près de la porte-fenêtre.

— Je ne voudrais pas les faire attendre, comprenez-vous.

Il ricana.

— Ils me coûtent déjà assez cher !...

Il hocha la tête.

— Moins cher, certes, que Jumel si je m'étais soumis à ses exigences, mais enfin tout de même...

Il quitta le canapé noir dont le cuir miaula, soulagé du poids énorme de son corps.

— Je suis désolé que nous nous quittions de cette façon, reprit-il, mais après tout c'est votre faute, n'est-ce pas ? Personne ne vous obligeait à retrouver la montre de Francine...

Sarrazin s'était levé aussi, et il regardait celui qui avait été son patron. Il était blême.

— Vous êtes cinglé, cracha-t-il. Vous... Vous avez essayé de me mettre ce... ce crime sur le dos. Et maintenant...

Sontag eut un geste en direction du couple d'Allemands.

— Maintenant, dit-il, vous allez faire un petit tour avec eux, ils vous attendent...

— Je n'irai pas ! cria Sarrazin au bord de la crise de nerfs.

Le patron de *Téléplus* haussa les épaules.

— Je vous trouve bien ingrat, fit-il. Après tout, vous ne vous êtes pas gêné pour profiter de la situation. Francine est un sacré morceau, n'est-ce pas ?

Il enlaça la jeune femme qui regardait fixement à terre, immobile, comme absente.

— Elle est terriblement bonne à baiser, avouez-le ?

Il caressa la nuque de sa femme.

— Tu te souviens, chérie, de la première fois quand je t'ai dit que ton ventre était comme du velours ?

Il soupira.

— Malheureusement, depuis, les choses se sont dégradées, il faut le reconnaître. Et singulièrement compliquées. Depuis que je ne peux plus bander qu'en la voyant se faire mettre par un autre...

Il ne termina pas sa phrase.

— Enfin, chacun ses petites perversions, n'est-ce

pas ?... A présent, vous allez monter bien gentiment avec nos deux amis. Ils vont prendre votre voiture, ils vont vous conduire du côté de la plage des Dunes, sur les lieux de votre « crime », et c'est là que, bourrelé de remords d'avoir tué un homme et d'avoir pris la fuite, vous allez vous « suicider »...

Sarrazin ruisselait de sueur.

— Personne n'y croira, dit-il, c'est stupide.

Sontag tapota la croupe de Francine.

— Mais si, dit-il, car elle témoignera. N'est-ce pas chérie ? Elle racontera qu'elle était avec vous, ce soir-là, qu'elle a assisté à tout le drame et que, si elle n'a pas parlé plus tôt, c'est parce qu'il lui aurait fallu dévoiler sa liaison avec vous. Et on la croira d'autant plus que cet aveu lui coûtera...

Sarrazin se mit à trembler comme une feuille.

— Vous êtes une ordure ! rugit-il.

— Et vous un scénariste de grand talent que je regretterai, répondit Sontag.

Il vira vers les deux tueurs.

— Emmenez-le.

A cet instant, la cloche actionnée par Marthe, la vieille servante sourde qui donnait le signal du dîner, explosa dans le silence de la nuit.

Tous les cinq sursautèrent.

— Va lui dire que nous serons un peu en retard, chérie, murmura Sontag.

Il soupira.

— Dis-lui aussi qu'à partir de ce soir, nous ne serons plus que deux à manger, ajouta-t-il comme à regret.

*
**

Tapis dans la nuit, Boris Conrentin, Aimé Brichot et Murielle Mervaud avaient eux aussi sursauté quand la cloche avait retenti. Ils étaient accroupis dans l'ombre, au bas des marches du grand perron conduisant à la porte-fenêtre et au salon illuminé.

— Contourne la maison, Mémé, avait demandé Boris à Brichot d'une voix très basse. D'après le bruit de la cloche la cuisine doit se trouver sur la façade arrière. Essaie de neutraliser les domestiques, ainsi que la femme de Sontag. Quand tu m'entendras crier « Police ! », fonce et prends-les à revers...

— Vu, fit Brichot en démarrant dans la nuit.

— Sois prudent, lui lança encore Boris dans un murmure en le voyant disparaître derrière un massif de fleurs.

Il s'humecta les lèvres.

Gimbelhof et Singen, encadrant Sarrazin, apparaissaient sur la première marche du perron.

Boris jaillit dans la lumière alors qu'ils atteignaient la dernière.

— Police ! hurla-t-il le plus brutalement qu'il pouvait.

Gimbelhof tourna la tête le premier, mais le reste de son corps parut ne même pas bouger. Seul son P38 toussa, déchirant la nuit.

Les réflexes de Bettina Singen avaient été plus lents. Le Colt Government Calibre 45 qui était au fond d'une de ses poches de son imperméable cracha lui aussi son feu mortel, brûlant et crevant au passage la gabardine de son imper.

Boris et Murielle avaient roulé à terre.

Dans le salon, Sontag, affolé, essayait de s'enfuir vers l'arrière de la maison.

Pour se cogner à un autre flic maigre et moustachu

qui lui mettait sous le nez le canon de son RMR Spécial Police.

— Bouge un cil, émit Brichot, et tu ne pourras jamais plus expliquer à personne pourquoi Jumel est mort.

Du côté du perron, Boris s'égosillait.

— Jetez vos armes ! C'est fini ! Vous n'avez plus aucune chance !

Conrad Gimbelhof, blême, venait de reconnaître celui qui avait failli le coincer, dix ans avant.

Il fit feu de nouveau plusieurs fois.

Boris hésita, mais il n'y avait pas d'autre solution.

Il tira.

Gimbelhof boula plusieurs fois sur lui-même comme un lapin cueilli en pleine course. Puis s'immobilisa au milieu d'une allée.

Hurlant.

Boris lui avait fracassé le tibia gauche.

Son arme était allée valser dans l'herbe d'une allée, assez loin pour qu'il ne constitue plus, provisoirement, le moindre danger.

— Attention ! cria Murielle.

Bettina, les yeux hors de la tête, avait vu Conrad s'effondrer. Sans lui, la vie n'avait plus le même sens. Elle avait failli jeter son Colt 45 et se rendre.

Un instinct venu du plus profond d'elle-même, l'instinct de la lutte et du meurtre, l'obligea à faire front.

Elle attrapa Sarrazin par les cheveux et le tira vers elle, l'interposant comme un bouclier entre les policiers et elle.

— Ne soyez pas stupide, rendez-vous !

— Jamais ! glapit la tueuse.

Le canon de son arme était coincé dans le conduit de l'oreille droite de Sarrazin qui, pétrifié, les traits déformés par la terreur, se laissait entraîner à reculons dans la nuit, vers les voitures dont les carrosseries luisaient faiblement, là-bas, sous la lune, dans le fond du jardin.

— Jetez vos armes, hurla Bettina aux deux policiers. Sinon, il va se prendre une balle dans la tête.

Boris hésita.

Puis il abaissa lentement le canon de son revolver. Imité aussitôt par Murielle.

C'est alors qu'il se passa une chose inattendue.

Les nerfs de Sarrazin craquèrent. Et il s'évanouit, ni plus ni moins, dans les bras de l'Allemande.

Elle crut d'abord qu'il simulait. Folle de rage, elle le souleva, le tirant par les cheveux pour l'obliger à se redresser. En vain. Il s'écroulait, il coulait à terre. Un bras passé autour de la taille du jeune homme, elle tenta de le maintenir à la verticale mais c'était impossible. Il était beaucoup trop lourd et elle ne pouvait plus avancer en le soutenant.

Elle le lâcha un instant, le temps de reprendre haleine.

Sarrazin s'effondra sur le sol, recroquevillé sur lui-même.

Bettina Singen n'était plus qu'à cinq pas de l'Opel Kadett à bord de laquelle elle était arrivée à *La Cardabèle,* avec Conrad.

Elle leva les yeux et, là-bas, elle vit une arme qui la visait. Et au bout de cette arme, un bras, le bras d'une femme. Le bras de la femme-flic.

Elle poussa un cri de rage et releva son propre revolver.

Celui de la femme-flic venait de tousser.

Une fois. Puis une seconde fois.

L'épaule droite transformée en un amas de petits os

incohérents, Bettina Singen s'effondra, sans connaissance.

Quand Boris et Murielle arrivèrent près d'elle, la main de la tueuse avait des petits mouvements convulsifs.

— On dirait qu'elle essaye encore d'attraper son arme, murmura Murielle Mervaud.

Boris lui entoura les épaules.

— Beau travail, la félicita-t-il. Très beau travail.

Les deux tueurs n'étaient que blessés. Le rêve de Boris et d'Aimé se réalisait : Gimbelhof et Singen allaient enfin répondre de leurs crimes, de tous leurs crimes, devant la Justice des hommes.

Poussant devant lui Francine et Alexandre Sontag, Aimé Brichot apparaissait sur le perron.

Le gravier crissa et tous sursautèrent.

Marchant à une vitesse stupéfiante pour son âge, Marthe, la vieille servante sourde comme un pot de *La Cardabèle,* se rapprochait.

— Qu'est-ce qui se passe ? hurla-t-elle d'une voix qui résonna dans la nuit. J'ai sonné le dîner et...

Et elle se bloqua, le regard brusquement halluciné au milieu d'un visage étoilé de rides. Stupéfaite de voir tous ces inconnus qui se tenaient là devant la maison avec des armes à la main, sans compter les corps inanimés des deux tueurs, au milieu de l'allée.

***

Soulevée par une brise légère, l'écume montant des vagues était comme une poussière translucide dans laquelle jouaient les rayons du soleil.

Boris regarda Murielle qui revenait de son bain avec

des déhanchements à provoquer une émeute même parmi les naturistes les plus « authentiques ».

Elle foulait lentement le sable humide, et ses seins dansaient au rythme de sa marche, attachés haut, parfaitement droits et ronds avec des pointes dardant, longues et roses.

Le regard de Boris fut envahi d'un brouillard encore plus épais lorsqu'il effleura l'épaisse toison qui bouclait au bas du ventre de la jeune femme.

Elle s'abattit sur la serviette qui était à sa droite.

— Tu sais que tu vas nous faire arrêter pour attentat à la pudeur, murmura Boris qui s'était mis au diapason de l'endroit, c'est-à-dire tout nu lui aussi, et qui avait énormément de mal à cacher son « émotion ».

— Attentat à la pudeur ? s'écria Murielle. Qu'est-ce que j'ai fait de mal ?

— Rien, sourit Boris. C'est toi l'attentat à la pudeur...

Il était près de midi, le soleil tapait très haut dans le ciel et cela faisait trois jours qu'Alexandre Sontag et Francine, son épouse, avaient été arrêtés. Ainsi, bien sûr, que Gimbelhof et Singen, dont les interrogatoires avaient commencé à l'hôpital de Montpellier où ils avaient été transportés.

Trois jours consacrés, pour Boris, pour Aimé et pour Murielle, à la rédaction des rapports d'investigation, PV de perquisition, interrogatoires, confrontations et autres paperasses rituelles aussi interminables qu'indispensables, le tout en collaboration avec le commissariat du Cap d'Agde et du SRPJ de Montpellier.

Ce qui commençait, à présent, c'était une autre histoire. L'instruction judiciaire. Pour Aimé et pour Boris, l'enquête était terminée et ils regagnaient Paris demain matin.

Quand Murielle, tout à l'heure, était venue chercher Boris et Aimé à leur hôtel du Cap d'Agde, c'est elle qui avait proposé d'aller se baigner à la Plage d'Or ; Aimé Brichot qui attendait un coup de fil de Jeannette avait promis de les rejoindre le plus vite possible.

La main droite de Murielle descendait lentement, suivant le galbe des abdominaux de Boris, gagnant son bas-ventre et la colonne de chair qui s'y dressait et que celui-ci, pour la cacher au public très puritain des nudistes, avait coincé entre ses cuisses bien serrées.

— Je te répète que tu vas nous faire virer, dit-il entre ses dents.

Elle s'était redressée sur les coudes, les cheveux ruisselants d'eau de mer.

— Et alors ? fit-elle avec un sourire avide. Ça ne te dirait pas qu'on aille se faire des câlins dans un endroit plus discret ?

Il allait répondre lorsqu'une silhouette leur cacha le soleil. C'était Aimé Brichot qui, avec son maillot de bain bleu, avait résolument choisi le camp des « textiles » !

Boris l'envia furtivement.

— Armella a appelé à l'hôtel, annonça Aimé. Evidemment, c'est toi qu'elle voulait joindre, mais comme tu n'étais pas là, on a passé la communication dans ma chambre.

— Qui est Armella ? interrogea Murielle sur un ton faussement badin.

— Une amie de Monsieur, répondit Brichot mi-figue, mi-raisin. Elle a appris l'arrestation des Allemands, elle nous félicite et elle me charge de te dire qu'elle rentre à Paris.

Il toussota.

— Et qu'elle t'attend, compléta-t-il, « pour la

comparaison », ce sont ses propres mots, il paraît que tu comprendras.

— La comparaison de quoi avec quoi ? insista Murielle, presque jalouse.

Mais comment lui expliquer que ce dont elle était en train de s'emparer, à cet instant précis, et qu'elle tenait dans sa main, était tout simplement l'un des termes — et non le moindre — de la comparaison ?

Achevé d'imprimer en mai 1990
sur les presses de l'Imprimerie Bussière
à Saint-Amand (Cher)

— N° d'imp. 1355. —
Dépôt légal : juin 1990.
Imprimé en France